용의 고기를 먹은 소녀

용의 고기를 먹은 소녀

박정애
장편소설

창비

차 례

나, 앵앵 7

용의 고기를 먹어 보지 않고 14

열네 살, 기로에서 20

날아오르다 27

앵두 31

순챗국 한 그릇 37

누군들 무릉도원에서 살고 싶지 않으랴 46

구름 그림자 54

여와씨의 호리병 60

나는 누구이고 너는 누구인가 68

귀로 먹은 약과 72

단발령에서 만난 멧돼지 78

옛 성터의 돌멩이들 85

이것이 어찌 풍경 탓이랴 92

나귀, 추락하다 101

세속의 일이 슬프구려 108

인연의 그물 112

봉래풍악 원화동천 117

허 부인의 옥함 125

비적패 무릉당 129

양반이라면 이를 가는 인간이 136

마하가 으뜸일까? 140

썩은 외나무다리를 건너다 145

강호의 마음을 지녔으나 150

유점사에서 박씨 부인을 생각하다 155

총석의 소나무처럼 159

크디큰 천지, 그 품 안에 163

꿈에서 어머니를 봤어요 167

가르쳐 주시어요, 이 윤똑똑이를 172

언젠가 우리 둘 다 죽을 거요 176

주목 비녀 180

내 팔자치레는 내가 185

삼호정에서 189

용의 고기를 맛보았습니다 193

『호동서락기』 서문 196

작가의 말 198

일러두기

본문에 언급된 김금원의 글은 『조선 시대 강원 여성 시문집』(강원대학교 강원문화연구소 편, 강원도 1998)을 참고하여 새로이 썼다.

나, 앵앵

나, 앵앵.

꾀꼬리를 사랑하는 아버지 덕분에 꾀꼬리 앵(鶯) 자가 두 번이나 들어간 이름을 얻었다. 아버지는 약관에 진사 시험을 통과했지만 사십 년 내리 낙방을 거듭하다 환갑에 이르러서야 과거 공부를 접었다.

아버지가 수십 년 매달렸던 공부를 걷어치우고 새로이 매달린 대상은 내 어머니.

당시 어머니는 스물아홉 살 먹은 관기˙였다. 미색도 한풀 꺾이

˙ 궁중 또는 관청에 소속되어 있던 기생.

는 참인 데다 모아 둔 재산도 없었다. 성질 급한 외할머니가 어머니를 들들 볶았다.

모녀가 사이좋게 손가락만 빨다 굶어 죽을 참이냐? 서른 넘은 계집을 누가 돌아본다고? 올해 지나면 소실 자리도 못 구해, 이것아.

어머니는 세 사람을 두고 고민했다. 한 사람은 집안이 좋고 재물도 많았으나 이미 첩이 둘이나 있었다. 늙은 본부인은 제쳐 두고 두 젊은 시앗끼리 걸핏하면 머리채를 잡고 싸우다 끝내 칼부림까지 일으킨 적이 있다고 했다. 어머니는 그런 집에 세 번째 시앗으로 들어가느니 차라리 굶어 죽는 편이 낫겠다고 판단했다.

또 한 사람은 한양의 권력 다툼에서 밀려나 잠시 은둔한 귀인이었는데, 시를 잘 짓고 노래도 잘 불러 단박에 어머니를 사로잡았다. 어머니는 그를 위해 울기도 많이 울었고 적지 않은 밤도 지새웠지만, 한양으로 금의환향할 날만 호시탐탐 노리는 변덕스러운 사내에게 노후를 맡길 만큼 어리석지는 않았다.

결국 어머니가 선택한 사람은 제일 만만한 아버지였다. 아버지는 한미한 양반이라 어머니 외에 시앗을 더 둘 여유가 없었고 나이에 비해서 건강한 편이었으며, 무엇보다 어머니를 얻으면 당연히 외할머니까지 부양해야 한다고 생각하는 호인이었다.

두 분 사이에서 나와 동생 혜혜(蕙蕙)가 났다. 아버지는 당신의 증손녀보다 어린 우리 자매를 손안의 옥구슬처럼 사랑했지만, 워낙 체면을 중시하는지라 외간 사람들 있는 자리에서는 알은체도 하지 않았다. 우리 자매 역시 보는 눈이 없을 때는 아버지 무릎에 기어오르고 목을 끌어안으며 응석을 부렸으나, 낯선 이의 그림자만 비쳐도 쥐며느리처럼 온몸을 옹송그린 채 구석진 데로 숨어들기 바빴다.

어머니는 늘 싹싹한 말본새와 겸손한 성품 덕에 아버지 집안에서 적어도 미움을 받지는 않았다. 서른한 살 많은 남편은 원님처럼, 서른다섯 살 많은 안방마님은 나라님처럼 높이 받들어 모셨다. 하지만 어머니가 세상 누구보다 극진히 섬긴 것은 우리 자매다.

나와 혜혜는 날 때부터 잔병이 많고 허약하여 여러 번 죽을 고비를 넘겼다. 어머니는 우리를 불쌍히 여겨 집안일 따위는 가르치지도 시키지도 않았다. 우리 자매 또한 바느질이나 부엌일에 도통 취미가 없었다.

우리는 아버지를 졸라 글을 배웠다. 처음에는 우리가 떼썼으나 나중에는 외려 아버지가 우릴 가르치는 일에 재미를 붙였다.

너희 오라비들이 너희 반만큼이라도 공부머리가 되었으면 우리 집안이 벌써 출사를 하고도 남았을 게다. 오라비들은 아둔하고 너희는 총명하니 다 내가 복이 없는 탓이로다.

아버지는 나와 혜혜를 두고 이렇게 한탄하곤 했다. 하지만 우리가 글공부에 빠져 밥을 덜 먹거나 잠을 덜 자면 불호령을 내렸다.

시건방진 것들! 아무리 글을 잘한들 너희가 세상에 쓰이겠느냐, 이름을 날리겠느냐? 아녀자에게 글공부란 그저 화초를 키우듯 베

갯모에 수놓듯 재미 삼아 쉬엄쉬엄 할 일이다. 한 번만 더 내 귀에 이런저런 말이 들리면, 그 즉시 저 지필묵과 서책들을 불 싸질러 버릴 테니 그리 알렷다!

시문(詩文)은 우리 집안 병 치료를 도맡아 하는 허 의원 밑에서 배웠다. 허 의원은 내 동무 죽서와 우리 자매가 관음보살처럼 숭앙하는 허난설헌 집안의 후예다. 뜨르르한 문장가를 다섯이나 배출했던 난설헌의 집안은 광해군 때 무서운 일에 연루되어 폭삭 망했는데, 허 의원의 직계는 다행히 촌수가 멀어 참형을 면했다. 허 의원의 조부가 몸을 낮추고 생판 타향으로 숨어들어 의업을 일으켰을 때부터, 허 의원네는 원주 토박이인 우리 집안과 각별한 정리를 쌓아 왔다. 외아들인 허 의원은 가업을 물려받기는 했으나 본디 서출인데, 동병상련해서인지 우리 자매를 애틋이 여기고 기꺼이 고금의 문장을 가르쳐 주었다.

허 의원은 닭날*마다 우리 집에 왔다. 열이틀마다 닭날이 돌아오면, 우리 자매는 아침 세수를 부리나케 하고 온종일 쪽마루에 나앉아 눈이 빠지도록 허 의원을 기다렸다.

"혜혜야, 의원님이 왜 이리 늦으시지?"

"그야 마님 엄살 때문이겠지요."

---

* 예전에는 날짜와 육십갑자를 맞춰 놓았는데, 그중 닭을 뜻하는 '유(酉)'가 들어
간 날들을 일컫는 말.

집안에서 병약한 사람은 안방마님과 우리 자매뿐. 허 의원은 마님한테 먼저 들른 다음에야 우리 자매를 보러 왔다. 마님은 허 의원만 보면 눈물부터 한 대접 뽑아내고는 이곳저곳 안 아픈 데가 없다는 얘기를 하고 또 했다. 앞뒤 없고 지루하고 그 얘기가 그 얘기인데도 허 의원은 조금도 짜증 내지 않고 귀 기울여 들어 주었다. 내가 얼마나 당신을 고대하는지 알 텐데도.

"혜혜야, 저 소리 좀 들어 봐."

"무슨 소리요?"

"파초 잎에 듣는 빗소리."

"빗소리가 다 똑같지요, 뭐."

"눈 감고 들어 봐."

혜혜가 눈을 지그시 감고 빗소리에 집중했다.

"좋긴 하네요. 이파리가 넓적해서 그런가 봐요, 형님."

나는 양손으로 가슴팍을 두드리며 빗소리를 흉내 냈다. 입술을 동그랗게 오므리고 투두둑, 투둑, 소리까지 내 가며.

"저 빗소리가 내 마음을 두드려, 이렇게. 마음을 두드리는 운율……. 그런 걸 갖고 싶은데 어떡하지?"

"이따 의원님 오시면 여쭤 보세요. 모르는 게 없는 분이잖아요."

"아이, 왜 이리 늦으신대?"

"고만 좀 투정하셔요."

"혜혜야, 연잎에 듣는 빗소리는 어떨까? 연꽃잎에는? 흰 연꽃은

흰 빗소리, 붉은 연꽃은 붉은 빗소리가 날까? 소리에도 색깔이 있을까? 아름드리 솔숲에 쏟아지는 비는? 망망대해에서 듣는 빗소리는 또 어떨까?"

"듣도 보도 못했는데 어찌 알까요? 글쎄, 연꽃이나 솔숲이야 어떻게든 기회가 닿겠지마는 망망대해라니 살아생전 근방에라도 가 보려나."

"아, 여쭤 볼 게 이리도 많은데 의원님은 왜 안 오신담? 마님은 왜 했던 말쏨 하시고 또 하실까?"

"에그, 우리 형님이 죽서 형님 없으니까 더 심심하신가 봐."

"걔는 언제 온대?"

"8월 하순이랬으니 한 달은 더 기다려야겠네요. 외가에서 적적하다고 자꾸만 붙잡는다나요."

죽서의 외할머니는 죽서 어머니를 양딸 삼아 기생 수업을 시킨 퇴기인데, 죽서를 유독 예뻐하여 한번 데려갔다 하면 좀처럼 돌려보내지를 않았다. 하기야 기질이 비단결 같고 생김새가 곱상한 데다 어른 비위까지 곧잘 맞추는 죽서를 누가 싫어하랴.

혜혜도 죽서와 비슷했다. 변덕과 까탈이 유난스러운 우리 안방 마님조차 혜혜만큼은 예뻐했다. 나한테는 가까이 오지도 못하게 하면서.

혜혜는 천생 계집이다만 앵앵이 년은 계집이 아니여. 들짐승이여. 저년 눈 좀 보게. 반들거리는 거, 저거. 어른 앞에서 바짝 치뜨고 있는 거, 저거. 저것이 계집년 눈이여, 멧도야지 눈이여. 아따, 징그러운 거.

까짓것, 싫어하시라지. 나도 마님이 싫은데, 뭐.

그리 생각하면서도 '멧도야지'라는 말은 마음에 남았다. 나도 내 속에서 멧돼지가 자라는 걸 느끼고 있었기 때문이다. 외간 사람 앞에서 쥐며느리처럼 몸을 숨길 때마다 내 속의 멧돼지가 부르르 성내며 나오려는 걸 겨우겨우 막곤 했다. 그것이 내 눈빛에 나타난 걸까. 그것이 마님 눈에도 비치는 걸까.

용의 고기를 먹어 보지 않고

허 의원을 따라 죽서네 집에 놀러 갔다. 대숲을 사이에 둔 이웃이자 교방* 동기인 죽서 어머니와 내 어머니의 처지가 비슷한 덕에, 우리는 포대기에 싸여 있을 때부터 함께 놀았다. 둘 다 몸이 약해 거친 놀이를 하지 못하고 밥보다 시문을 좋아하는 기질 또한 판박이라, 나는 때때로 혜혜한테서 느끼는 것보다 진한 정을 죽서에게서 느끼곤 했다.

죽서는 꽃님이라는 아명보다 아홉 살 때 별세한 아버지가 '대숲 서녘에 거처가 있다.'라는 뜻으로 지어 준 죽서(竹西)라는 호를

● 기생들에게 가무를 가르치는 학교.

14 ●

좋아했다. 죽서의 아버지는 일가 아이들을 모아 글을 가르쳤는데, 곁에서 먹 시중을 들던 죽서가 어깨너머로 배운 시문을 한 글자도 틀리지 않고 모조리 암송해 내자 어린 딸이 마치 선녀라도 되는 양 끔찍이 예뻐했더랬다. 그 아버지가 돌아가신 뒤, 죽서는 스스로를 '반벙어리'라는 뜻의 '반아당(半啞堂)'으로 칭하고 여간해서 속내를 드러내지 않았다. 그저 남의 비위를 맞추는 말만 하고 선웃음을 지을 뿐.

그런 죽서도 허 의원 앞에서는 마음을 열었다.

"왕유*의 시를 제 맘대로 바꿔 써 봤어요."

"흐음."

허 의원이 시가 쓰인 두루마리를 펼쳤다.

창밖에서 우는 저 새는,

어느 산에서 자고 왔는고

아마도 산속의 일, 알리라

그래, 두견화는 피었던가요

"의원님, 죽서가 왕유의 잡시(雜詩)를 빌려 쓴 것 맞지요?"

● 중국 당나라의 시인이자 화가. 이백, 두보와 더불어 중국의 서정시 형식을 완성한 3대 시인으로 평가받는다.

내가 알은체를 했다. 허 의원이 싱긋 웃었다.

"외울 수 있느냐?"

"그대 고향에서 왔으니, 아마도 고향 일, 알리라. 떠나오던 날, 무늬 고운 창 앞, 매화는 피었던가요."

나와 죽서를 바라보는 허 의원의 눈빛이 햇병아리 솜털처럼 노란빛을 띠며 반짝였다.

"너희가 정녕 난설헌의 후예로다."

허 의원이 붓을 잡고는 일필휘지로 죽서의 시에 제목을 적어 주었다.

십세작(十世作, 열 살에 짓다)

"난설헌께서는 여덟 살에 「광한전 백옥루 상량문」*을 지으셨다는데, 어찌 감히 그런 보배로운 재주와 남의 시나 흉내 냈을 뿐인 제 모자란 글을 비교하겠습니까?"

죽서가 부끄러워했다. 희디흰 뺨이 아침노을빛으로 물들었다.

허 의원이 붓을 붓걸이에 걸었다.

"난설헌의 재주는 참으로 배워서 익힐 수 있는 것이 아니었다

● 광한전 백옥루는 전설 속에 나오는 누각으로, 허난설헌은 여덟 살 때 자신이 백옥루의 상량식에 초대받았다고 상상하여 이 글을 지었다고 전해진다.

지. 시어들이 모두 맑고 깨끗하여 사람의 솜씨가 아니었고, '부용꽃 스물일곱 송이, 희불그스름 떨어져, 찬 서리에 달빛만 서늘하다.'라는 글귀를 남겨 스물일곱 살에 돌아가실 것을 스스로 예언하기까지 했다니 두말할 필요가 없지 않으냐. 하나 나는 너희가 시를 즐기기를 바랄 뿐, 그이처럼 귀신같은 글재주를 가지기를 원치는 않는단다. 돌아가신 할머님께 들은 얘기인데, 난설헌은 별당에 홀로 있을 때 늘 촛불을 켜고 화관을 쓴 채 신선과 대화하며 시를 지었다더구나. 그것은 달리 생각하면 현실에서 도망하여 꿈속에서 살았다는 이야기 아니냐? 삶이 너무 혹독하여 꿈꾸지 않고는 버틸 수 없었겠지만, 나는 너희 삶이 그토록 혹독하기를 꿈에서도 바라지 않는단다."

내가 여쭈었다.

"난설헌께서는 명문가의 정실 소생으로 태어나…… 첩살이도 기생 노릇도 하지 않았는데 삶이 그리 혹독했을까요?"

허 의원이 말했다.

"진시황도 삶의 고통을 피하지 못했느니라. 아이가 태어나는 모습을 본 적이 있느냐? 혹은 짐승의 새끼라도?"

"어머니께서 혜혜를 수태하고 매우 조심하셨던 일은 어렴풋이 기억나는데, 해산은 외가에 가서 하셨기 때문에 제 눈으로 보지 못했습니다. 하지만 방실 어멈이 죽은 아이를 낳고 울던 정경은 지금 떠올려도 눈물이 납니다. 방실 아범이 그 아이를 지게에 얹어 산으로 가던 일도 또렷이 생각납니다. 그리고 올해는 저희 집 처마에 제비가 둥지를 짓고 새끼를 치는 모습을 보았습니다."

"그 모양이 어떠하더냐?"

"눈도 못 뜬 새끼한테는 알을 깨고 나오는 일이 마치 태산을 옮기듯 힘들어 보였습니다. 어미한테서 벌레를 받아먹으려 형제를 밀쳐 내고 붉은 부리를 내밀었습니다. 또한 나는 법을 배우고자 땅바닥에 수없이 제 몸을 내동댕이치더군요. 비단처럼 보드랍던 날개에 딱지가 앉고 그 위에 또 딱지가 앉아 날개가 단단해져서야 마침내 하늘을 날 수 있었습니다. 날기를 더디 배운 새끼 두 마리는 결국 구렁이에게 잡아먹혔지요."

"바로 그 생로병사의 고통을 목격한 충격 때문에 부귀한 왕자로 태어난 부처님께서 왕궁을 떠나 고행을 시작하셨다. 태어나고 늙고 병들고 죽는 것은, 목숨붙이라면 모두 겪는 고통이란다. 게다가 인간에겐 마음이라는 요물이 있어 시도 때도 없이 천 가지 만 가지 조화를 부려 대는지라, 구중궁궐의 왕후나 저잣거리의 무뢰한이나 고통에서 벗어나지 못하지. 인생은 누구에게나 고통 가득한 바다란다."

죽은 채 태어난 자식을 끌어안고 하염없이 울던 방실 어멈과 방실 아범. 그러나 바로 그다음 날, 방실 어멈은 냇가로 이불 빨래를 나갔고 방실 아범은 장작을 팼다.

마음속에서 멧돼지가 송곳니를 세웠다.

"삶이 고통밖에 없는 바다인데, 무엇하러 고생고생하며 그 바다를 헤엄쳐 나갈까요? 그냥 빠져 죽어 버리면 편할 텐데요."

허 의원이 실눈을 뜨고 먼 산을 바라보았다.

"용의 고기를 먹어 보지 않고 어찌 이야기로 고기 맛을 알겠느냐?"

무슨 말씀이지? 너는 알아들었니?

눈빛으로 죽서에게 물었다. 죽서도 고개를 가로저었다.

열네 살, 기로에서

참쌀가루로 빚은 듯 하얗고 아담한 어머니의 콧방울이 발룽발룽했다. 뒷동산 모양으로 곱게 다듬은 가느다란 눈썹도 파르르 떨렸다. 나는 창호라도 후려칠 듯 주먹을 그러쥐었다.

"어머니, 왜 이러서요? 겨우 열네 살, 초경한 지 석 달밖에 안 된 딸을 그리도 치우고 싶으셔요? 기껏해야 첩살이 가는 게 뭐 그리 좋은 일이라고 이렇게 서두르세요? 그것도 언제 죽을지 모르는 허약한 딸인데요?"

"허약하니까 그러지. 아무렴 첩살이가 기생 노릇보다야 수월하고말고. 기생 수업이 어떤 건지 네가 알기나 하니? 이 어미는 가야금, 거문고 배우느라 손톱이 다 닳아 뭉그러졌다. 춤사위라고 어디

쉬울까? 버선발 한번 잘못 놀려 봐라. 종아리에서 피가 튀도록 매타작을 당한다. 에그, 말이야 쉽지. 게다가 기생 수업은 기생 신역에 비하면 누워서 떡 먹기다. 관아에 나드는 수많은 객들 술 시중에 몸시중에 아휴, 징그러워라. 사람 할 짓이 아니다. 그래, 네 허약한 몸으로 그 신역을 어찌 감당할래? 아서라."

"아버님께서 대비정속˙시켜 주신다면서요?"

"대비정속을 시켜 주시니까 교방에 발도 들여놓지 않고 소실 자리에 갈 수 있는 게 아니냐. 첩살이야 못난 어미 탓이지만 대비정속은 아버님 은덕인 줄이나 알아라. 잔말 말고 어미 말대로 해. 천석꾼 가문이라니 호의호식은 따 놓은 당상 아니냐. 또 그 댁 본처가 마음이 바다처럼 넓다더라. 첩이란 본처가 숭악하면 못 살지만, 본처가 불쌍히 여겨 주면 어떻게든 살 수 있다."

"본처 마음이 바뀌면요? 시앗을 보기 전까지 바다 같던 마음이 그다음에 좁쌀같이 작아지면요? 시앗을 보면 길가의 돌부처도 돌아앉는다던데요?"

어머니가 한숨을 쉬었다.

"투기는 칠거지악˙˙의 하나라, 웬만한 본처는 남의눈이 두려

● 조선 시대 관기는 관아에 소속된 공노비로서 세습되었고, 늙어서 일을 못 하게 되면 딸이나 조카를 기생으로 보내야 했다. 그러나 대비정속이란 제도가 있어 관기와 양반 남성 사이에서 태어난 여자는 여종을 바쳐서 양민이 될 수 있었다.
●● 예전에 아내를 내쫓을 수 있는 이유가 되었던 일곱 가지 허물.

위서라도 심한 박대를 못 하는 법이란다. 첩이 주제를 알고 분수를 지키며 한결같이 정성을 다해 받드는데도 구태여 첩을 잡아 죽이려 드는 본처는 천에 하나, 만에 하나다. 이 어미를 보려무나. 첫인사 올리던 날부터 입때껏 먹줄 친 듯 몸종처럼 납작 엎드렸더니 요즘은 되레 마님께서 이것저것 챙겨 주시잖니? 나는 네 아버님 은혜로 이 댁에 들어앉은 걸 천운으로 여긴다. 기생 신역에 몸 버리고 속 버린 거, 이 댁에 의탁하고 다 고쳤으니까. 그뿐이냐? 예쁘고 총명한 두 딸아기 낳아서 먹이고 입힐 걱정 없이 키우는 것도 내 알량한 팔자엔 더할 나위 없이 큰 복이지 않겠니."

"하지만 저는 첩살이 같은 건……. 세상에 나서 제 뜻 한번 펼쳐 보지 못하고 어린 소실로 지아비의 손아귀에 들다니, 차라리 죽고 싶다는 생각밖에 안 드는걸요."

어머니가 눈살을 찌푸리며 행여나 누가 들었을까 두렵다는 낯꼴로 좌우를 살폈다.

"말본새하고는! 그것이 계집아이 입에서 나올 말이냐? 앵앵아, 계집한테는 본디 자기 뜻이라는 게 없다. 나서부터 죽을 때까지 남의 뜻을 붙따르는 것이 계집의 일생이란 말이다. 우리네만 그런 게 아니고 중전마마도 정경부인 마님도 다 똑같이 삼종지도˙에

● 예전에 여자의 세 가지 도리를 이르던 말. 어려서는 아버지, 결혼해서는 남편, 남편이 죽은 후에는 자식을 따라야 했다.

매인 인생을 산단다."

"또 그 지겨운 삼종지도! 계집으로 날 바엔 차라리 멧짐승으로 태어나는 편이 나았을 거예요. 산으로 들로 마음껏 다닐 수나 있잖아요. 생각하면 할수록……."

"생각은 무슨 생각? 아무 생각도 하지 마라. 그저 수굿이 네 복을 받아들이려무나. 계집아이가 생각이 많으면 오던 복도 달아나고, 굴러 온 복을 차 버리면 지옥에 떨어지는 법이야."

어머니가 내 어깨와 머리통을 한참 동안 쓰다듬었다.

"부모 말을 잘 들으면 자다가도 떡이 생긴다잖니? 조만간 중매쟁이가 찾아오면 네 아버님께서 확답을 주실 거다. 그다음에는 일사천리일 터, 지금부터 몸가짐을 조심해야 한다. 알아들었니?"

"생각 좀 해 보고요……."

나는 입술을 깨물고 저녁노을이 얼비치는 창호를 노려보았다.

"또 무슨 생각을 하니? 너는 참, 어떻게 된 계집아이가 밤낮 생각 타령이냐. 아무짝에도 쓸모없는 그놈의 생각일랑 걷어치우고 내일부터 방실 어멈한테서 부엌일이나 배워라. 종을 시키더라도 뭘 알아야 시키지. 네가 제대로 못 하면 그 흉이 다 이 어미한테 오지 않겠니, 쯧쯧."

어머니는 내 대답을 기다리지 않고 방문을 열었다.

나는 눈도 깜빡이지 않고 앉은 채로 생각에 잠겼다. 머릿속이 터질 것 같았다. 입술을 꽉 다물었다. 그러지 않으면 목구멍으로 멧돼지 울음소리가 올라올 것 같았다.

수굿이 내 복을 받아들이라고? 굴러 온 복을 차 버리면 지옥에 떨어진다고?

무엇이 복이지? 늙은 부자 양반의 첩이 되는 것이 나한테 굴러 온 복인가?

어디가 지옥이지? 내가 하기 싫은 것을 하지 않고 내가 하고 싶은 것을 하면 지옥에 가나? 지옥이란, 교방? 기생이 되어 술 시중, 몸시중에 죽어나는 인생?

기생첩의 딸이 갈 수 있는 길은 두 가지. 어미 뒤를 이어 기생이 되거나, 여종을 자기 대신 기생으로 집어넣고 출가하거나.

출가하는 방법도 두 가지. 양반의 소실이 되거나 얼자•의 본처가 되거나. 부모님은 어차피 수모법•• 때문에 천대받는 것은 똑같으니 기왕이면 권세 있고 돈 많은 양반의 소실이 되라 한다.

내가 생각하는 내 앞길도 두 가지다. 죽느냐 사느냐. 내 뜻을 살리고 스스로 목숨을 끊느냐, 내 뜻을 죽이고 껍데기만 남은 채 연명하느냐.

나는 바야흐로 기로에 서 있다. 중국의 양주(楊朱)라는 이도 네거리에 서서 어느 길로 발을 들여놓느냐에 따라 앞으로 얼마나 큰

● 양반과 천민 여성 사이에서 낳은 아들.
●● 천인 어머니의 신분과 신역을 자식이 물려받아야 하는 법.

차이가 빚어질 것인가 생각하고 울었다지.

　나도 한바탕 울어 볼 만하건만, 눈물은 나지 않았다. 그저 눈알이 뻑뻑하여 눈을 감았다 떴다.

　아무 생각도 하지 말고, 방실 아범이 치운 외양간처럼 머릿속을 텅 비우고…… 부모님께 순종해 버릴까?

　문득 꾀꼬리 한 쌍이 울었다. 호이 호호 호이호, 호이 호호 호이호, 휘요이호…….

　내가 열두 살 때 아버지한테서 받은 선물. 노란 깃털이 어여쁘고 울음소리도 청아하여 벌써 두 해를 머리맡에 두고 길렀다.

　아버지는 당신의 여식이 영원히 이 오동나무 새장 속 꾀꼬리처럼 살기를 바라시는 걸까? 그래서 내 이름을 앵앵이라 지으신 걸까? 어머니는 새장 속 새가 가장 안존할 수 있다고, 새가 새장을 벗어나면 지옥에 떨어진다고 생각하시는 걸까?

　새장을 들고 뒤뜰로 나갔다. 살구꽃이 바람결에 몸을 뒤쳤다.

　새장의 자물쇠를 땄다. 꾀꼬리들은 새장에서 나올 생각을 하지 않았다.

　이 녀석들, 너무 오래 갇혀 있었구나.

　나는 눈을 감고 희붉은 살구꽃 비를 맞았다.

　내 뜻이란 무엇인가. 새장을 벗어나 훨훨 날아가는 것. 그것이 죽어도 이루고 싶은 내 뜻이다. 너무 늦기 전에. 새장에 안주하여 더는 나갈 생각도 못 하게 되기 전에.

꾀꼬리들을 내 손으로 꺼냈다.

설마, 나는 법까지 잊어버리지는 않았겠지?

꾀꼬리들은 사뭇 두려운 듯이 몸을 떨었다.

날아오르다

꾀꼬리들은 결국 어딘가로 날아갔다.

나도 시방 어딘가로 날아간다……. 후후, 내 기분이 그렇다는 거지 사람이 어찌 날겠는가. 또한 부모의 허락을 받고 나선 여행길에 어찌 정처가 없겠는가.

나는 내 뜻을 품은 채 자결하지도 않았고, 내 뜻을 죽이고 첩이 되지도 않았다. 죽을병을 앓는 체하여 기어이 내 뜻을 펼칠 길을 만들어 냈다.

허 의원이 내 간곡한 부탁을 외면치 못하고 부모님 면전에서 "지금 앵앵이를 소실로 보내면 한 달을 못 넘기고 죽는다."라고 말해 준 것이다. 그건 거짓말일 수도 있지만 참말일 수도 있었다. 나는 이미 첩살이를 생각만 해도 숨이 턱턱 막히면서 온몸이 마비되는 증상을 겪고 있었기 때문이다. 사실에 가까운 허 의원의 거짓말은, 타인의 눈앞에서 내 아버지를 아버지라 부르지 못하는 거짓된 현실에 비하면 훨씬 참되지 않을까.

허 의원은 또 앵앵이는 새의 기운을 타고났는데 새장에 너무 오래 갇혀 있어 답답증으로 폐가 좁아진 탓에 몸이 더욱 약해졌습니다, 가까운 의림지에라도 가서 바람을 쐬지 않으면 머지않아 숨을 못 쉬고 까부라질 것입니다, 하루빨리 바람을 쐬어야 합니다, 바람이 보약보다도 산삼보다도 좋습니다, 바람을 잘 쐬어 폐 안팎의 기운이 두루 뚫리면 우선 숨길이 시원히 트이고 나중에는 모진 첩살이도 견디어 낼 만치 몸이 튼실해질 것입니다, 라고도 말해 주었다.

청양으로 시집간, 나를 유달리 귀애하던 고모도 아버지한테 편지를 보내어 내 역성을 들어 주었다.

작은오라버님, 앵앵이가 어떤 아이인지 잘 아시지 않습니까. 재주가 하늘을 찌르는 만큼 고집도 땅을 뚫는 아이, 아무 병 없이도 마음만 먹으면 앉은자리에서 숨을 멈추고 죽을 수 있는 아이 아닙니까. 저야 적출* 여식이라 동이에 갇힌 물고기로 살 수밖에 없고 행여나 동이 밖으로 튀어 나가면 가문의 명예를 더럽힌 죄로 밟혀 죽어 마땅합니다마는, 앵앵이는 다르지 않습니까. 남의 소실 되기

● 정실 부인이 낳은 자식.

전에 의림지 구경 좀 했다 한들, 누가 문제 삼겠습니까. 혹여 기적●에 이름을 올리더라도 마찬가지지요. 오라버님, 아이를 살리실 작정이십니까, 죽이실 작정이십니까?

첩 자리는 물 건너갔다. 나는 매파 앞에서 병이 깊어 숨이 꼴깍꼴깍 넘어가는 시늉을 냈다. 허 의원이 과장을 약간 섞어, 내가 혼인이 불가한 처녀임을 입증해 주었다. 머리가 허옇게 센 매파는 혀를 끌끌 차며 물러갔다.

부모님은 역시 나를 끔찍이 사랑했다. 아버지는 외가에 간 혜혜가 모르게, 바늘 하나 없어진 것까지 알아야 직성이 풀리는 안방마님도 모르게, 오로지 못난 딸을 위해 청록 장막이 있는 사인교●●를 빌렸다. 나는 머리를 도령처럼 땋아 복건을 쓰고, 깃이 곧으며 소매가 넓은 사규삼을 입었다. 허리에는 조대를 띠고 발에는 태사혜를 신었다. 어머니는 입을 다물지 못했다.

"영락없이 솜털 보송보송한 양반집 도령의 풍모로다. 애고, 네가……."

어머니가 삼킨 그다음 말을, 나는 알고 있다.

네가 복이 없어 내 딸로 태어났구나. 양반집 도령으로 태어났으면 네 재주와 풍모로 판서를 못 했으랴, 정승을 못 했으랴.

● 관아에 소속된 기생들을 등록해 놓은 장부.
●● 앞뒤에 각각 두 명씩 네 사람이 메는 가마.

그러게요, 어머니. 왜 하필 기생첩의 딸로 태어나 아무리 뛰어나도 벼슬길에 오르기는커녕 온 세상이 나지리 보는 사람, 사람대접 못 받는 사람이 되었을까요……. 그래서요, 어머니. 이 길로 훨훨 날아오르려고요. 새장으로는, 다시 들지 않을 거예요.

아버지께 절하고 어머니를 안으니 어머니의 눈물이 내 어깨를 적셨다.

나는 사인교 안에 올라앉아 앞쪽의 장막을 텄다.

"도련님, 출발합니다요."

가마를 메러 온 장정들조차 당연히 내가 이 집안 막내 도령쯤 되는 줄 알았다.

앵두

경인년(1830년) 춘삼월, 열네 살의 봄.

가마 좌우와 뒤쪽 장막은 치고 앞은 터놓은 채 제천 의림지*를 향했다.

심신이 자유로우니 꽃들은 웃고 풀들도 춤을 추는 듯했다. 온 천지가 오색 빛깔 얇은 비단으로 휘덮인 듯 아름다웠다. 가마 안 장막은 짙은 청록 일색이지만, 가마 밖 풍경은 분홍, 꽃분홍, 하양, 노랑, 그리고 연두, 연두, 또 연두⋯⋯. 폐부의 티끌을 씻어 내는 싱그

---

* 충청북도 제천시에 있는 저수지. 김제 벽골제, 밀양 수산제와 더불어 삼한 시대에 만들어진 수리 시설이다.

러운 연두의 행렬에 비하니, 가마 안에 둘러친 청록 장막은 너저분하기 짝이 없었다. 하긴 인간의 솜씨가 제아무리 빼어난들, 산등성이마다 번지는 저 말간 연둣빛을 무슨 수로 흉내 내리.

의림지에 이르렀다. 상상했던 것만큼 넓지는 않았다. 선녀의 머리채 같은 수양버들 가지가 반쯤은 물속으로 휘늘어지고 반쯤은 호숫가 땅바닥에 드리웠다.

열다섯 해 전의 봄철, 아버지는 뒷방에 나앉은 퇴기였던 어머니를 가마에 태워 의림지 소풍을 갔더랬다. 그날부터 어머니 마음은 한양 귀인을 떠나 아버지한테로 기울었다. 어머니는, 딱 한 번 경험한 그 유람을 회상할 때마다 마치 꿈결 속을 노니는 듯 아련한 눈빛으로 허공을 바라보곤 했다. 내가 첫걸음에 의림지를 택한 것도 어머니의 그 눈빛이 내 마음 깊숙이 아로새겨졌기 때문이리라.

솔잎 냄새가 훅 끼쳤다. 길쑴한 그림자가 다가왔다.

"도련님 덕분에 좋은 경치를 구경합니다요."

앞줄 오른쪽에 섰던 가마꾼이었다. 말하면서 솔잎을 질경질경 씹고 있었다.

천하의 불상놈이로구나.

속생각을 하다 말고 흠칫 놀랐다. 내가 안방마님처럼 생각하다니? 마님은 먹을 때는 말하지 말고 말할 때는 먹지 말라 했다. 무언가 씹으면서 말하는 것은 천하의 불상놈들이나 하는 짓이랬다. 마님도 나를 싫어하고 나도 마님을 싫어하는데, 내가 어느새 마님을 닮아 버린 걸까? 어느 한 세계에 고여 있으면 결국 그 세계에 물들고 마는가 보다.

가까이서 보니, 숱 많은 머리털을 대강 땋아 내린 떠꺼머리총각이었다. 길게 찢어진 눈만 보면 인상이 날카로웠지만, 두툼한 눈썹과 그보다도 두툼한 입술이 위아래에 자리 잡고 있어 전체적으로는 순해 보였다. 키가 꽤나 커서, 나로서는 고개를 한참 젖혀야 겨우 눈을 맞출 수 있었다.

"고마운 줄 알거들랑 가마 좀 편안히 메렴. 아까는 어지러워서 토할 뻔했느니라."

"아, 그게 소인이 멋대가리 없이 키만 멀대같이 커서 말입지요."

총각이 무릎을 슬쩍 굽히며 뒤통수를 긁적였다. 다른 가마꾼들과 수평을 못 맞춘 게 제 키 탓인 양 미안해하는 몸짓이었다.

"의림지엔 더러 와 보았더냐?"

"머리털 나고 첨입니다요."

"머리털은 언제 났는데?"

"열여섯 해 전입죠, 헤헤."

"자네처럼 어린 총각도 가마꾼으로 써 주던가?"

"덩치가 좋아서 받아 준 모양입니다요."

"어디 출신인가?"

"남산골에서 태어나 남산골을 벗어나 본 적이 없습니다요. 하도 세상 구경이 하고 싶어, 향교말에서 가마꾼 구한단 소문을 듣자마자 보따리 하나 안 챙기고 달려갔습죠."

이놈 봐라, 싶어 허리를 곧추세웠다.

"부모한테도 안 알리고?"

"알리면 못 가게 잡을 테니…… 윗마을 처자한테 장가나 들라고 등쌀을 대는데, 장가들면 더 못 떠나지 않습니까. 새끼라도 덜컥 생기면 꼼짝없이 주저앉아야 하고요. 별수 있습니까? 일갓집 아우한테만 사정이 이러저러하니 어른들 걱정 안 하시게끔 말씀 잘 올려 달라고 일러두고 내처 도망쳤습니다요."

나도 모르게 웃음이 났다. 나 역시 부모님 전 상서를 혜혜에게 맡기고 도망 나온 길이다. 애초부터 의림지만 보고 얌전히 귀가할 생각은 전혀 없었다. 천하 절경 금강산을 유람하고 망망대해 동해안을 한 바퀴 돈 다음 한양을 구경하고…… 여하튼 시문에 자주 등장하는 명승지를 거의 다 둘러본 뒤 가장 아름다운 곳에서 가장 아름다운 시 한 수를 써서 허리에 감고는, 새처럼 훨훨 날아갈, 그러니까 독을 먹든지 벼랑에서 뛰어내리든지 목을 매든지 해서 죽어 버릴 심산이었다.

"네 이름이 무엇이냐?"

"그냥 '앵두'라고들 부릅니다요. 어머니가 대고 앵두만 잡쉈답니다, 제가 어머니 배 속에 있을 때."

"좋다, 앵두야! 만약에, 만약에 내가 저 가마꾼들을 돌려보내고 걸어서 천하를 주유하겠다면 나를 따라다닐 생각이 있느냐?"

앵두가 눈을 끔벅거렸다. 어깨를 으쓱하더니 두 손으로 마른세수를 하곤 뺨을 꼬집어 보았다.

"제가 어젯밤에 용꿈을 꿨습니다요. 이런 일이 있으려고 그랬구면요. 아유, 저야 뭐 하루에 주먹밥 한 덩어리만 던져 주시면 그저 시키시는 일은 다 하겠습니다요."

"사실인즉슨 나도 너처럼 장가들기 전에 이 세상을 두루두루 구경하고 싶단다. 내 나이 열일곱, 너한테는 형님뻘이니 앞으로 더도 덜도 말고 형님처럼만 모시거라."

"여부가 있겠습니까요, 도련님! 헤헤, 저 가마꾼들은 제가 돌려보낼까요?"

어, 눈치가 제법인걸?

"가마 삯은 어찌하고?"

"삯이야 반절은 출발할 때 향교말에서 받았습니다요. 이제 빈 가마로 돌아가면 어르신께서 나머지도 주시지 않을까요?"

"글쎄, 내 목에 고삐를 매어서라도 끌고 왔어야 한다고 되레 야단치실걸?"

나는 뒤탈이 없도록 나머지 삯도 두말 않고 물어 줄 참이었다. 하지만 앵두가 어떻게 나오나 보고 싶어 말을 맺지 않았다.

앵두가 집게손가락으로 미간을 두어 번 긁더니 말했다.

"저기, 도련님. 이렇게 합시다요. 저이들한테는 도련님이 과거 시험 준비하러 한양 가신다고 하겠습니다. 병치레를 하느라 올해

과거는 포기할 작정이었는데, 의림지를 보고 나니 다시 도전해 볼 의지가 생겼다고 둘러대지요 뭐. 그리고 제가 저이들한테 원주 가시는 마님이나 선비님을 찾다 연결해 주면 별 불만이 없을 겁니다요."

"흠……."

세상 물정 모르는 나도 여비가 넉넉지 않다는 것 정도는 알았다. 가마 삯을 절약하면 그만큼 더 여정이 편안해질 터.

나는 팔짱을 끼고 지켜보기로 했다.

"도련님은 제가 돌아올 때까지 이 주변에서 편안히 쉬십시오."

앵두가 부리나케 달려갔다.

순챗국 한 그릇

꾀꼬리 한 쌍이 회화나무 가지에 금슬 좋게 앉아 있었다. 샛노란 몸통이 나뭇잎 사이로 얼비치는 햇살을 받아 황금빛으로 물들어 있었다.

음, 저거. 우리 집 꾀꼬리인 듯도 하고 아닌 듯도 하네?

내 나름으로는 뒤꿈치를 들고 살금살금 다가갔는데도 인기척에 놀란 꾀꼬리들이 하늘 높이 날아올랐다. 뒤이어 왜가리 예닐곱 마리도 앞서거니 뒤서거니 날갯짓했다.

그래그래, 날아라. 훨훨. 사람 가까이 가지 말고 사람에게 길들여지지 말고.

눈을 감고 두 팔을 높이 쳐들어 꾀꼬리처럼 휘휘 저어 보았다.

다리가 절로 몇 걸음 나아갔다. 눈을 떴다.

태사혜 신은 발에 짐짓 힘이 들어갔던지, 뾰족한 자갈 하나가 갖신 밑창을 파고든 듯했다. 풀밭에 주저앉아 신을 벗고 확인하니 역시나…….

이런! 입성의 시작은 건(巾)이요 마침은 기(屨)*라며 어머니께서 주머닛돈을 아끼시어 장만해 주신 신인데.

손톱을 세워 자갈을 파내고는 나머지 한쪽 신도 벗었다. 내친김에 복건이며 조대, 사규삼까지 벗어 봇짐 속에 개켜 넣었다.

이런 차림새는 가마 탄 유람객한테나 어울리지.

"거기, 짚신 장수. 이리 와 보오."

짚신 장수가 달려왔다. 지게에 매단 짚신짝들이 덜렁거렸다.

"거 잘생긴 도련님이 사람 볼 줄도 아시는구려."

"사람 볼 줄 안다니?"

"아, 제천에서 젤 유명한 짚신 장수를 한눈에 알아보시니깐 하는 말이우."

중년의 짚신 장수가 콧등에 주름을 잔뜩 잡으며 제 딴에는 애교를 떨었다.

짚신 한 켤레를 장만하고 뒤돌아보니, 앵두가 궁둥이에서 비파

● 옷을 입을 때는 머리부터 건(모자, 망건)으로 정리하고 마지막에 기(신발)까지 갖춰야 단정하다는 의미다.

소리가 나도록 바삐 유람객들 사이를 돌아치며 가마 흥정을 붙이고 있었다.

거참, 쓸 만한 녀석일세그려.

멀리 이끼 낀 바위 근처에서 고기잡이 노래가 들려왔다. 삿갓 쓰고 도롱이를 걸친 노인이 조각배에 앉아 낚싯대를 드리우고 있었다. 바람이 잔잔한 덕에 수면이 마룻바닥에 펼쳐 놓은 푸른 비단 같았다. 흰 구름이 하늘과 수면에 떠 있었다. 연녹색 마름과 연꽃, 순채가 수면에 뜬 구름 사이에서 노닐고 물새들이 수초 사이를 들락거렸다.

그 옛날 어머니께서 보신 풍경도 이러했을까.

원주에서 제천까지 그리 멀지도 않건만 마님, 죽서, 혜혜, 방실 어멈은 의림지를 본 적이 없다. 본다는 것은 무엇일까. 이 나라는 왜 여자를 문 안에 가둬 놓고 산천물색을 보지 못하게 할까.

"형니이이이임, 저 왔습니다. 가마꾼들은 아주 깔끔하게 돌려보낸 데다 구전까지 두 냥 얻었습니다요."

앵두가 손바닥에 엽전 두 냥을 놓고 장난을 치며 두리번거렸다.

"그나저나 소인 배가 아까부터 꼬르륵거리는데, 어디 군입 다실 만한 게 없을깝쇼?"

유람객이 많은 곳이라 음식 장수도 적지 않았다. 엿장수, 떡장수는 물론이요, 생선회를 떠서 파는 사람에 술병을 들고 다니며 잔술을 파는 사람도 있었다.

"쑥떡이나 두어 뭉텅이……."

"저것은 무엇이냐?"

나는 앵두의 말을 자르고 큰길 안쪽의 낡은 초가를 가리켰다. 백발 노파가 흰 사기대접에다 발그스름한 국물 같은 것을 담아서 팔고 있었다.

"사람 핏물 아닐까요? 사람을 잡아다가 피는 저렇게 팔아먹고 고기는 잘게 다져서……."

앵두의 찢어진 눈초리가 반짝 빛났다. 불현듯 무섬증이 들었다.

내가 무얼 믿고 이 덩치 좋은 사내자식과 함께 다니겠다고 결심한 거지?

부러 배꼽 아래에 힘을 주고 큰 소리로 웃었다. 초장부터 만만하게 보일 수 없었다.

"하하하, 다진 인육으로 만두소를 만든다고? 미친놈, 시방 이 대명천지가 『수호지』 시절의 무법천지라는 말이냐?"

앵두는 미친놈이라는 말을 듣고도 속없이 헤헤거렸다.

"일단 가 봅시다요."

앵두를 앞세우고 초가로 갔다.

"할멈, 그거 오미자 국물이오?"

앵두가 손가락으로 솥을 가리키며 물었다.

"오미자 국물이지, 그럼 사람 핏물일까 보냐?"

노파가 온 얼굴에 주름살 물결을 퍼뜨리며 합죽합죽 말했다. 앵두가 노파의 통에 웃었다. 웃으니까 날카롭던 눈초리가 얌전히 꼬리를 내렸다. 태어나서 지금껏 나쁜 짓이라곤 생각해 본 적도 없을 듯한, 그야말로 순진무구한 총각의 얼굴이었다.

"끓는 물에 데친 순채를 이 오미자 국물이랑 섞어 먹으면 그 맛이 참으로 담박하다네. 글줄이나 읽으신 선비님들이 더러 장계응이 어쩌고저쩌고 얘기를 하시던데 무슨 소리인지는 모르겠어. 총각은 들어 봤나?"

앵두가 뒤통수를 긁적거리더니, 나를 돌아보았다.

"저야 뭐 까막눈이라. 도련님은 글깨나 읽으셨을 것 같은뎁쇼?"

침을 꼴깍 삼켰다.

이 상황에서 내가 아는 바를 미주알고주알 늘어놓아도 될까. 되도록 나를 드러내지 말고 얌전히 구경이나 하는 편이 안전하지 않을까.

하지만 결국 말하고 싶은 마음을 이기지 못했다.

"계응은 진나라 사람 장한의 자(字)라네. 장한은 난세에 높은 관직에 올랐으나 자리에 연연하지 않았지. 어느 가을, 불현듯 관직을 내던지고 고향에 내려갔거든. 고향의 순챗국과 농어회를 먹겠다고 말이야. 어떤 이가 죽은 뒤의 명성을 생각해서라도 그리 마음대로 처신하지 말라고 충고하자, 계응이 이리 대답했다지. 죽은 뒤의 명성? 그따위가 이 술 한 잔보다 나을까?"

노파가 무릎을 쳤다.

"거 솜털 보송보송한 어린 도련님이 아는 것도 많을세그려. 덕분에 십 년 묵은 체증이 뻥 뚫렸수. 희한하기도 하지, 그 진나라 양반 심정이 똑 나랑 같구려."

앵두가 콧방귀를 뀌었다.

"에이, 할멈이 무슨 높은 관직씩이나 가져 봤나?"

노파가 부지깽이 끝으로 앵두의 장딴지를 툭툭 쳤다.

"아, 관직이 다 뭐야? 무지렁이 농사꾼 여편네가 열 섬지기 살림 꾸리며 열두 자식 낳았으면 정승보다 높은 게지."

노파는 잠깐 한숨을 쉬었다.

"사람 팔자 뒤집히는 거, 한순간이오. 어느 해 역병으로 열두 자식 다 잃고 서방마저 보냈다오. 그랬더니 온 집안이 나서서 나더러 목을 매래. 열두 자식에 서방까지 잃었는데 더 살아서 무슨 좋은 꼴을 보겠느냐고. 죽어서 열녀문이라도 받으면 그 아니 영광스럽냐고. 그길로 밤도망을 나와서 홀로 산 지 하마 오십 년이오. 귀신이지, 살아 있는 귀신, 흐흐흐. 열녀는 못 됐어도 순챗국은 원 없이 먹는다오."

앵두가 장딴지를 문지르다 말고 입을 삐죽거렸다.

"열다섯쯤 혼인했다 치고 열두 자식을 낳자면 못 잡아도 스무남은 해에다가 오십 년을 혼자 살았다니, 백 살 가까이 자신 모양이우?"

"거 떠꺼머리총각이 셈도 빠를세. 내가 올해로 아흔아홉이오.

그래도 더 살고 싶은걸? 순챗국 한 그릇 마실 때마다 목구멍이 어찌나 개운한지……. 이 목구멍이 개운하고 텁텁한 것도 구분 못 하게 되면 그때나 죽고 싶어지려나, 흐흐흐."

순챗국을 두 그릇 사서 앵두에게 한 그릇 주고 나도 한 그릇을 뚝딱 들이켰다. 과연 목구멍을 타고 내려가는 순챗국 맛이 못물 위에 뜬 복숭아꽃 잎처럼 보드랍고, 옥거울에 내리는 눈처럼 시원했다.

"도련님, 이제 어디로 갑니까요?"

"그거야……."

금강산을 돌이킬 때면 눈빛도 목소리도 달라지던 의원님. 내 스승님…….

지금도 눈에 선해. 나는 가을 풍광밖에 보지 못했지만. 지금 떠나면 앵앵이는 봄 금강을 구경하렷다. 예부터 진짜 금강은 봄 금강이랬다. 그래서 산 이름도 봄 금강, 여름 봉래, 가을 풍악, 겨울 개골이지. 여름 산수를 사랑하여 호를 봉래라 지은 시객도 있기는 했다마는.

봉래 양사언 말씀이지요? 내금강 만폭동에 '봉래풍악 원화동천(蓬萊楓嶽 元化洞天)' 여덟 글자와 '천하제일명산(天下第一名山)' 여섯 글자를 남겼다는. 봉래이자 풍악인 이 금강산은 으뜸가는 조화미가 있는 아름다운 곳이라는 뜻이지요?

그래, 내 비록 중국 산하를 보지는 못했으나 중국인들 소원 가운

데에도 '원컨대 고려 땅에 태어나서 한 번만 금강산을 보고 싶다.'라는 말이 있다더라. 천하를 다 돌아본다 할지라도 금강산에 필적할 만한 곳이 별로 없다는 얘기지. 눈에 담고 마음에 담아 오너라. 평생의 보물이 될 테니. 용 고기 맛이 궁금하다 했느냐. 금강산 표훈사에 가서 운구 대사님을 찾아뵈렴.

"당연히 금강산이지!"

앵두가 두 팔을 쳐들고 펄쩍펄쩍 뛰었다.

"와아! 꿈에 그리던 곳입니다요. 할멈, 들었수? 들었수?"

노파가 실눈을 치켜뜨며 웃었다.

"들었네. 잘 다녀오게나."

"그런데 말이오, 할멈. 제천에 왔다가 단양 팔경*을 안 보고 지나치는 인숭무레기도 있수?"

노파가 고개를 가로저었다.

"단양만 그런가? 이 의림지만 해도 오늘 내일 다르고 봄 여름 달라서 일 년을 죽치고 있어도 다 알기 어려운 곳이거늘, 겨우 반나절 놀고 가는 이들이 인숭무레기가 아니고 뭐라는 말이냐. 그러고도 나중에 의림지를 보았노라 큰소리치겠지, 흐흐흐."

노파의 말이 마음에 걸렸지만, 이미 발바닥이 근질거렸다.

숲에서 꾀꼬리가 울고 모래밭에서 왜가리 떼가 날아오르기에

● 충청북도 단양군에 있는 여덟 곳의 명승지.

시 한 수를 짓고 일어섰다.

    못가의 버드나무 푸른 그늘 드리워
    아른아른 봄 시름, 저도 아는 듯
    나뭇가지엔 꾀꼬리, 울고 또 울어
    헤어지기 싫다고 가지 말라고

누군들 무릉도원에서 살고 싶지 않으랴

단양, 단양, 구태여 단양 팔경을 돌아봐야 한다고 나대는 앵두의 성화에 지는 척을 해 주었다. 죽서와 나누었던 신선 이야기들이 생각나서였다.

죽서도 나도, 난설헌처럼 돌이킬 수 없이 탐닉하지는 않았지만 『태평광기』*를 꽤나 즐겨 읽었다. 육신과 영혼이 모두 자유로운 사람들이 마음 내키는 대로 만나고 즐기고 헤어지고 그리워하고 재회하며 재미난 놀이 같은 삶을 영원토록 누리는 세상 이야기는 읽어도 읽어도 질리지 않았다.

● 중국 송나라 때 편찬된 책으로, 그때까지 전해 내려온 각종 설화들을 묶었다.

청산곡으로 들어가 상선암, 중선암, 하선암을 다 보고 나니 꿈 얘기를 하던 죽서의 젖은 눈망울이 눈에 삼삼하고, 나지막한 음성이 귀에 쟁쟁했다. 죽서는 도가(道家)에 심취했던 아버지가 신선으로 환생하여 단양 어느 바위에선가 바둑을 두는 모습을 꿈에서 보았다고 했다.

죽서! 언제나 너와 함께 이 경승지를 유람할 수 있으려나. 연꽃 열매 하나를 따도, 청개구리 한 마리를 희롱해도, 너와 함께라면 재미롭기 이를 데 없었건만. 오늘 너와 함께 이 정경을 보았다면 얼마나 많은 이야기가 샘솟듯 솟아났을 터이냐.

"봉우리들이 흡사 바둑돌 같구먼요. 검은 돌도 있고 흰 돌도 있는 것이."

앵두가 입을 헤벌리고 감탄했다.

"너도 보는 눈이 있구나. 저 바위들이 왜 하필 선암(仙巖)이라는 이름을 얻었겠느냐?"

"아하, 신선들이 바둑 두는 모양새라? 그럼 총 여섯 분이네요?"

"중국 상산의 백발 신선 넷이서 바둑을 두겠다고 이곳으로 나왔다가 다시는 돌아가지 못했다는 옛이야기가 있단다. 그리고 귤 속에 살던 두 노인*이 바둑을 두려고 모습을 드러냈다는 얘기도 있

* 중국에서 파공이라는 사람이 뜰의 귤나무에 항아리만 한 귤이 열려서 따 보니, 그 속에서 두 노인이 바둑을 두며 즐거워하고 있었다고 한다.

지. 그런데 두 노인이 다시 귤 속으로 들어갔단 말은 듣지 못했으니, 아마도 상선, 중선, 하선 바위에서 여섯 신선이 함께 대국하고 있는지도 모르겠구나. 또 다른 얘기도 있는데, 어떤 나무꾼이 이 산에 나무하러 들어왔다가 신선들이 바둑 두는 모습을 봤단다. 그거 구경하느라 도낏자루 썩는 줄 모르다 문득 정신이 들어 집에 돌아가 보니 자기 집터에 새집이 떡하니 들어서 있고, 글쎄, 집주인이 자기 5대손이었다는군."

"거참, 아는 것도 많으시네. 그런 얘기들이 다 이 자그마한 머리에서 나온다니 믿을 수가 없습니다요."

앵두가 내 머리통을 쓰다듬을 듯 손을 뻗으며 말했다. 내가 재빨리 뒷걸음치자, 앵두의 손이 공중에서 무르춤했다.

"머리가 크고 작고가 무슨 상관이란 말이냐? 네 녀석도 두루 읽어 읽는 족족 새기고 두루 들어 듣는 족족 기억해 봐라. 평생을 풀어 내도 못다 풀어 낼 지식이 쌓일 게다."

앵두의 눈초리가 올라갔다. 그 눈초리에서 칼날 같은 빛살이 아주 잠깐, 번득였다가 사라졌다.

뭐야, 저 눈빛은.

하지만 앵두는 금세 눈을 내리깔고 느물거리는 목소리로 헤헤거렸다.

"소인 놈은 까막눈이라 책은 다섯 수렐 읽어도 누런 것은 종이요 검은 것은 글자인 줄밖에 모릅니다요. 게다가 들으면 듣는 족족 까먹어 버리니 원, 까마귀 고기를 먹은 적도 없는데 말입지요. 이 커다란 대갈통 속에 당최 남아 있는 게 없습니다요."

앵두가 주먹으로 제 정수리를 수박 두들기듯 통통거리며 너스레를 떨었다. 도무지 속을 알 수 없는 녀석이다.

그러나 눈앞에 펼쳐진 풍경이 너무 아름다웠던지라 의구심 따위가 똬리를 틀 겨를이 없었다.

우뚝우뚝 솟은 봉우리들이 연꽃을 수놓은 비단 병풍처럼 심산유곡을 둘러쳤다. 굽이굽이 감도는 좁은 길을 걷다 커다란 바윗덩이에 막혔다 싶으면 그 틈새로 또 길이 트이는데, 길옆에는 대개 자그마한 폭포와 푸른 소(沼)가 있고 그 아래로 차고 맑은 봄물이 흘렀다. 등성이에 즐비한 복숭아나무가 연붉은 꽃잎을 끝없이 흩날리니 그윽한 향내가 천지에 그득했다.

무릉도원이 따로 있을까, 바로 여기지, 하는 내 생각을 읽은 듯 앵두가 말했다.

"사람들이 무릉도원, 무릉도원 그래 쌓던데, 그게 어데 나온 말입니까요?"

"동진(東晉) 때 시인 도연명이 쓴 「도화원기」라는 글에 나오는 말이지. 무릉의 한 어부가 배를 타고 고기를 낚다가 길을 잃었는데, 복숭아꽃이 가득 핀 산속에서 어른 한 명이 겨우 들어갈 만한 동굴을 발견했다나. 굴속으로 들어가 봤더니 길이 점점 넓어지다 별안간 탁 트이면서 꿈속에서나 보았던 아름다운 세상이 나타나더라는 게야."

"꿈속에서나 보았던…….."

"옛날 시황제가 다스리던 진(秦)나라는 법이 너무 엄했다더구나. 죄인의 이마에는 먹으로 문신을 새겼는데, 저잣거리를 걸어 다니는 사람 중 절반이 이마에 문신이 있었다지. 문신만으로 끝나면 다행이지만 대개는 그길로 가족과 영이별을 당해서 만리장성 쌓고 아방궁 짓고 시황제 무덤 만들다 병든 개처럼 죽어 갔단다. 무려 수백만 명이. 그런 나라에서 사람이 어떻게 마음 놓고 살았겠느냐? 참다못한 사람들 한 무리가 깊디깊은 산속으로 숨어들어 종적을 감췄는데, 알고 보니 자기들끼리 힘을 합쳐 난리도 차별도 배고픔도 없는 마을을 일구고 살았던 거지. 바깥세상과 아예 연을 끊었던 탓에 진이 망하고 한나라, 위나라도 망하고 그때가 동진 시대라는 사실도 전혀 모르더라나?"

"그래서 어부도 거기 눌러살았습니까?"

"부모와 처자식이 있는 사람이었으니 식구도 데려올 생각으로 동굴을 나섰는데, 다시 못 돌아갔다지."

"어째서요?"

"표시해 두긴 했는데, 다시 가 보니 아무것도 안 보이더라나. 복숭아나무 숲이며 동굴 입구도 끝내 못 찾고."

앵두의 눈초리가 사뭇 바르르 떨렸다.

어라, 이 녀석 보게? 무릉도원 같은 허황된 이야기에 엄청 감동

했나 봐.

"왜, 너도 그런 데서 살고 싶으냐?"

내 장난기 어린 말투가 귀에 거슬린 모양이었다. 앵두가 왼고개를 틀고 속눈을 흘겼다.

"도령은…… 난리도 차별도 배고픔도 없는 세상에서 살고 싶지 않소? 사람이면 누군들 그런 마음을 품지 않겠소?"

"누가 아니래? 나는 그저, 너도 무릉도원에서 살고 싶으냐고 물어봤을 뿐이다. 뭘 그만 일로 사람을 흘겨본담?"

나도 눈에 힘을 잔뜩 주고 앵두를 흘겼다. 녀석이 뾰루퉁한 얼굴로 성큼성큼 앞서갔다.

나는 앵두의 꼭뒤에 눈총을 주며 일부러 걸음을 늦추었다.

흥, 네 녀석이 가든 말든 신경이나 쓸까 보냐. 나야 애당초 홀로 다닐 작정을 하고 나선 몸이라고!

앵두한테 쓰이는 신경을 다른 데로 돌리고 다리쉼도 할 겸 사인암 아래 푸른 물이 흐르는 개울가 백사장에 벌렁 드러누워 버렸다. 물소리와 새소리가 자장가처럼 귓속을 간질였다. 입이 찢어져라 하품이 나왔다. 어제 오늘, 나는 너무 흥분했고 너무 많이 걸었다. 기껏 외출한댔자 엎어지면 코 닿을 데인 죽서네 집에 가는 게 전부였던 내가 아닌가. 게다가 어젯밤엔 한숨도 못 잤다. 객줏집이 꽉 차는 바람에 봉놋방에서 등짐장수들 틈에 끼어 칼잠을 자야 했는데, 사내들 고린내와 코 고는 소리에 밤새도록 골치가 지끈거렸다.

꾀꼬리를 만나 희롱하는 꿈을 꾸다 문득 코 속으로 스미는 한기에 눈을 떴다. 하늘빛이 거뭇거뭇 썩어 가는 홍시 같았다. 잠시 여기는 어딘가 나는 왜 여기 있는가 생각하며 어리바리 섰다가 입속에서 모래가 지금거려 침을 뱉었다. 눈물이 찔끔 났다.

앵두가 숲에서 튀어나왔다.

"이보시오, 아기 도령. 족제비 앞에서 병아리가 알짱거려도 유분수요. 이 험한 산속에서 그리 생각 없이 처신한다는 건 호랑이 아가리에 머리를 들이밀고 날 잡아 잡수, 하는 짓이오. 호환(虎患)이 남의 나라 일인 줄 아시오? 한밤중에 눈알 노란 살쾡이만 봐도 놀라 자빠질 아기 도령이 낮잠 자느라고 해 지는 줄 모르다니, 허참."

앵두의 어투가 자못 불손했지만, 나는 꿀 먹은 벙어리처럼 잠자코 있었다.

"난 또 처음부터 저 암자를 염두에 두고 세월아 네월아 꾸물대는 줄 알았네."

앵두가 턱짓으로 사인암 뒤쪽 작은 암자를 가리켰다. 때마침 암자에서는 저녁 짓는 연기가 두 개의 희푸른 띠처럼 피어오르고 있었다.

앵두는 암자에 들어서자마자 부엌으로 달려들었다. 성한 이가 거의 없고 수염이 허연 애꾸 불목하니*와는 처음 보는 사이가 아닌 듯했다. 나는 한마디도 못 알아듣겠는 불목하니의 어눌한 말을 앵두는 말이 채 끝나기도 전에 알아듣고 제꺽제꺽 처리해 주었다.

스님들은 기꺼이 밥상에 숟가락 두 개를 더 놓아 주었다. 꼭두새벽에 객줏집에서 먹은 국밥 이래 처음 맡는 밥내에 창자가 꿈틀거렸다. 조밥에 민들레 나물을 비벼 밥알 하나 남기지 않고 싹싹 긁어 먹었다. 쑥국 한 사발도 후루룩, 깨끗이 마셔 없앴다.

어머니가 지금 내 모습을 보시면 얼마나 놀라실까. 유난히 입이 짧은 딸을 위해 갖은 별미를 해 바치시던 어머니. 내가 밥 한 주발 시원히 먹어 치우는 모양을 보는 것이 소원이라시던 어머니.

금강산에 이르지는 않았지만 '금강산도 식후경'이라는 말이 왜 생겨났는지는 알 것 같았다. 아까는 썩어 가는 홍시 같던 밤하늘이 지금은 호박(琥珀)으로 장식한 검푸른 비단 침구로 보였다. 냇물과 백사장도 별빛을 받아 신비로운 그림을 그려 냈다. 만약 나 홀로 두려움과 배고픔에 떨었다면, 이 모든 밤 풍경이 산짐승과 요괴의 눈구멍, 숨소리, 발자국으로 나를 옥죄지 않았을까.

밤이슬을 털고 따스한 절 방에 들어가 누우니, 도원이 따로 있나, 여기가 바로 도원이지 하는 생각이 또 들었다.

● 절에서 밥을 짓고 물을 긷는 일을 맡아서 하는 사람.

구름 그림자

불목하니가 일고여덟 살쯤 먹어 뵈는 사내아이를 데려왔다. 흰 비단에 떨어진 먹처럼 흰자위와 검은자위가 또렷하고 얼굴 또한 곱상했지만, 안쓰럽다 못해 징그러울 정도로 빼빼 마른 아이였다. 불목하니가 무어라 중얼거리자 앵두가 고개를 끄덕거렸다. 앵두는 불목하니의 말이라면 불구덩이에 뛰어들라 해도 따를 것처럼 고분거렸다.

아이가 공손히 합장하며 말했다.

"고맙소이다. 금강산까지 장히 험한 길이 많을 텐데, 저 같은 당달봉사°를 데려가려면 고생깨나 하시겠구려."

몸피에 어울리지 않는 어른 말씨였다. 절에서 자란 아이라 그런가? 게다가 당달봉사라. 저 예쁜 눈으로 천지 만물을 보지 못하다니, 마음이 좀 짠했다.

하지만 앵두가 내 뜻은 묻지도 않고 일행을 받아들인 게 괘씸한데다, 정말로 소경을 데리고 어떻게 산길을 오르내리나 암담한 마음에 미간이 절로 찌푸려졌다.

"왜, 똥 씹었소?"

내 마뜩잖은 표정을 읽은 앵두가 뇌까렸다.

"뭐라고? 네 이놈, 어째 말투가 갈수록……."

내가 앵두를 야단치려는데, 소경 아이가 말허리를 꺾었다.

"머리 굴리는 소리가 들리네, 들려. 따글따글, 따글따글. 군입 하나 늘었으니 노잣돈은 얼마나 축날거나. 봉사를 데리고 다니려면 길은 또 얼마나 더딜거나. 아이고머니, 재수 옴 붙었네. 아이고머니, 저 앵두 놈, 싸가지 없는 놈, 대갈통을 한 대 후려쳤으면."

소경 아이가 내 목소리를 흉내 내어 말했다.

나는 어안이 벙벙하여 입을 다물지 못했다. 불목하니가 두어 개밖에 없는 누런 이를 드러내고 껄껄 웃더니 합장하고 고개를 숙였다. 앵두가 제 엄지와 중지로 딱 소리를 내고는 나한테 무언가를 던졌다. 받고 보니 엽전 꿰미였다.

"옛소, 노잣돈. 이 아이 몫이오. 여기 스님들이 마련해 주셨다오.

● 겉으로 보기에는 멀쩡하지만 앞을 보지 못하는 사람.

거 부잣집 도령이 어째 그리 밴댕이 소가지요? 노잣돈 아껴서 얼마나 잘살겠다고. 이 암자 스님들은 여태껏 나그네한테서 방값, 밥값 한 번 받아 본 적 없지만 안 망하고 잘만 버틴다오. 어린 도령이 너무 짜게 굴지 마시오. 노랑이 영감탱이도 아니고 말이지.”

대꾸할 말을 찾고 있는데, 앵두가 불목하니한테서 망태기를 건네받아 소경 아이를 넣었다. 양다리를 뺄 수 있게끔 좌우로 구멍을 낸 망태기였다.

“새파랗게 젊은 것들이 세상 구경을 나섰으면 빈집서도 자고 한데서도 자고 나무 열매도 따 먹고 개구리도 구워 먹으면서 설렁설렁 가는 거요. 자, 갑시다.”

뒤로는 망태기를 메고 앞으로는 봇짐을 목에 건 앵두가 그야말로 설렁설렁 걸음을 떼었다. 나로서는 일단 따라가는 수밖에 없는 것 같아, 치미는 욱성을 눌러 앉혔다. 그래도 가만히 당하기는 억울해서 뒤통수에 대고 소리 질렀다.

“야, 앵두! 원주 밖으로 나가 본 적 없다는 거, 거짓말이지? 세상 구경을 열댓 번쯤은 한 놈 같은데? 애초부터 그 아이 데려갈 약조가 돼 있어서 그리 단양, 단양 뻗댄 거였어?”

앵두가 돌아보더니 눈꼬리를 착 내리고 빙그레 웃었다.

“맘대로 생각하시구려.”

뒤에서 불목하니가 소리쳤다.

“그마 나마!”

저게 대체 무슨 소리야?

소경 아이가 내 속을 읽은 듯, 또 내 목소리를 흉내 내어 말했다.

"저 영감탱이, 말을 하려면 똑바로 하지 저게 무슨 소리람? 한두 살 먹은 어린애 옹알이도 아니고 말이야."

비위가 확 상해서 아이에게 보이지도 않을 종주먹을 들이댔다.

"너! 앞으로 한 번만 더 내 목소리 따라 하면 가만 안 놔둘 거야."

아이가 혀를 쏙 내밀었다.

"내 맘이야. 가만 안 놔두면 어쩔 건데?"

"너, 뭐야?"

"뭐긴 뭐야? 운영이지. 구름 운(雲)에 그림자 영(影). 구름만 해도 덧없는 걸, 구름 그림자라니. 그림자같이 있어도 없는 것처럼 살다가 홀연히 사라지라는 뜻으로 지었나 봐, 아비라는 작자가."

"좋아. 이름은 운영이고 성은?"

"없어. 아비가 성 따위 필요 없다고 했대."

쩝, 괜히 무안해서 입을 다시고 물었다.

"나이는?"

"이봐, 내 이름을 가르쳐 줬으면 네 이름도 밝히는 게 예의지."

당돌한 녀석. 앵두도 묻지 않은 내 이름을 밝히라니. 그냥 도련 님이라 부를 것이지. 그나저나 내 본이름을 말해야 하나 아니면 지금 가짜 이름을 뚝딱 지을까.

"족보에 올린 이름 같은 건 알 필요 없고……."

내 입으로 말하면서 내가 코웃음을 칠 뻔했다. 족보! 족보라니! 조선 천지에 기생첩이 낳은 딸자식을 족보에 올리는 가문도 있으랴. 있어도 없는 척 숨겨야 하는 쥐며느리 같은 존재를.

"집에서 편하게 부르는 이름은 앵앵이야. 꾀꼬리 앵(鶯). 내 목소리가 사내답지 않게 낭랑하잖아. 자, 이제 네 나이를 말해 주렴."

"열다섯."

믿을 수 없었다. 혜혜보다도 작으면서 열다섯이라니.

운영이 또다시 내 목소리로 말했다.

"말도 안 돼. 잘 봐 줘도 열 살이나 먹었을까 말까 한 어린애가 입에 침도 안 바르고 거짓말을 하는구나. 어쨌든! 운영인지 영운인지 네 이 녀석! 네가 열다섯이거나 아니거나 간에 엄연히 반상(班常)˙의 질서가 있는 법이거늘 양반한테 말본새가 그게 뭐냐? 앵두도 나한테 꼬박꼬박 존대하잖느냐."

반상의 질서니 어쩌니 하는 말에 나도 모르게 켕겨서 귓불이 뜨거워졌다. 천한 어머니 소생으로 나 역시 천민이면서, 어머니를 홀대하는 귀하신 양반님네를 나부터도 미워하면서.

"참 내, 어처구니가 없구나. 좋아, 형님인 내가 봐주마. 그런데 말이야. 네가 나한테 존대를 하든 말든 상관없는데, 내 목소리 흉

● 양반과 상사람을 아울러 이르는 말.

내는 그만 내라."

"몰라. 내 맘이야. 난 눈에 뵈는 게 없는 봉사거든."

앵두의 등에 업힌 운영이 고개를 젖히며 웃었다.

앵두는 운영을 업고도 황새걸음으로 가볍게 걸었다. 나는 괴나리봇짐 하나로도 숨을 헉헉거리며 거의 뛰다시피 앵두를 뒤쫓았다.

녀석, 나도 좀 업어 주지. 등짝이 어찌나 넓은지 둘이 업혀도 넉넉하겠구먼.

"야, 앵두. 이 길이 금강산 가는 쪽 맞아?"

앵두가 퉁을 주었다.

"따라오기 싫으면 다른 데로 가시든가……."

내가 허리에 두 손을 올리고 앵두를 쏘아보자, 운영이 깔깔거리며 말했다.

"그마 나마. 그게 무슨 말인가 궁금했지? 영춘으로 가서 금화, 남화 두 동굴을 꼭 보고 가란 얘기야."

어쭈, 저희 멋대로? 이것이 내 유람인가. 저놈들 유람인가. 머릿속에 구름 그림자가 드리운 듯 잠시 정신이 아득해졌지만, 그림자는 금세 걷혔다.

태어나서 지금껏 동굴이라고는 본 적 없으니 한 번쯤 구경한들 어떠리. 금강산이 목적지라지만 촌각을 다툴 일이 무엇인가.

여와씨의 호리병

배를 한 척 빌려 강을 따라 내려가다 석굴 앞에 멈춰 세웠다. 해가 비치지 않는 곳이라 사공이 앵두에게 횃불을 들려 주었다.

굴 앞에 빗장처럼 가로놓여 있는 돌이 있고, 그 돌 빗장 너머에는 검푸른 물이 꽤나 깊은 못을 이루고 있었다. 좌우로 늘어선 돌들은 제가끔 여러 가지 물체의 형상과 닮았다. 헤아려 보니 절굿공이 같은 모양이 제일 많았다. 남화굴의 호리병처럼 생긴 골짜기에는 돌로 만든 종도 하나 있었다. 손바닥으로 쳐 봤지만 땡그렁거리지는 않았다.

"호리병을 찾으라 했는데……."

운영이 중얼거렸다.

누가?

바로 묻고 싶었지만 촐랑이처럼 굴지 않기로 마음먹었다.

앵두가 바위 벼랑에서 웅크린 아기 모양의 석순을 발견하고는, 허리를 구부려 등에 업힌 운영이 만질 수 있게 해 주었다.

"운영아, 떠오르는 거 있으면 뭐든지 말해."

운영이 입술을 깨물었다. 손이 얼마나 뜨거운지 움켜쥔 석순에서 물이 뚝뚝 떨어졌다.

"피비린내가 나."

그 말이 떨어지기 무섭게 정말로 비릿한 피 냄새가 코를 찔렀다. 운영의 코에서 핏물이 후두두 흘러내렸다.

앵두가 제 봇짐에서 헝겊 쪼가리를 찾아 운영에게 건넸다.

"얼른 틀어막아. 에이, 호리병에 무슨 피비린내 나는 사연이라도 있는 거야?"

내가 묻고 싶던 질문이었다. 그러니까 앵두도 운영도 희미한 실마리를 쫓을 뿐, 무엇 때문에 여기 왔는지 확실히 아는 건 아니었다.

별안간 비가 쏟아졌다. 봄비치고는 빗발이 거셌다.

앵두가 동굴 입구에서 마른 나뭇가지와 검불 따위를 주워 와 모닥불을 피웠다. 그리고 봇짐에서 석쇠를 꺼내서는 사인암 불목하니가 싸 준 인절미를 구웠다.

"세상에, 석쇠까지 갖고 다녔어?"

내가 놀라서 묻자 앵두가 씩 웃었다.

"개구리도 굽고 꿩도 굽고 토끼도 굽고 감자도 굽고 도라지도 굽고……. 두고 보구려. 산 넘고 강 건너 유람을 다니자면 이런 게 있어야 한다오."

돌처럼 굳었던 인절미가 말랑말랑 부풀어 올랐다. 침이 절로 고였다. 앵두가 뾰족한 나뭇가지로 인절미를 찍어 운영의 손에 쥐여 주었다.

"꼼짝없이 여기서 노숙을 해야 할 모양이니, 자, 먹어라."

앵두가 내 침 넘어가는 소리를 들었다는 듯 눈을 찡긋하며 나한테도 인절미 한 조각을 건넸다. 그 순간만큼은 제 입보다 나를 먼저 챙겨 주는 녀석의 마음이 고마웠다.

인절미는 입에서 살살 녹았다. 꿀맛도 그런 꿀맛이 없었다.

한데 운영은 인절미 한입을 삼켰을 뿐인데 파랗게 질려서 까부라졌다. 하긴 절집을 떠나 본 적 없던 약골이 남의 등짝에 얹혀 진종일 흔들렸으니 적잖이 무리가 가기도 했을 터이다. 내 눈에는 운영이 체한 것 같은데, 앵두는 자꾸 헛다리를 짚었다.

"허기져서 그래. 먹어라, 더 먹어. 먹어야 기운을 차리지. 사내자식이 쇳덩어리도 삼킬 나이에 먹는 꼴이 그게 뭐냐?"

아이고, 앵두야. 쇳덩이도 우적우적 씹어 먹게 생긴 사내자식은 너지. 저 강아지풀 같은 아이가 어딜 봐서…… 쯧쯧.

나도 인절미 콩고물이 목구멍에 걸렸는지 잔기침이 그치지 않았다. 나가서 빗물이라도 받아 마실까 하다 내 봇짐 속에 있는 조롱박 호리병이 생각났다. 허 의원이 언제든 몸이 심히 괴로우면 먹으라고 까만 약물을 담아 주었다.

"앵두야, 운영이 쟤 급체야. 네가 안아서 거꾸로 눕혀 보렴."

앵두가 내 말에 토 달지 않고 느티나무 밑동 같은 제 허벅지에다 운영을 엎드리게 했다.

"여기, 세게 눌러."

앵두가 손바닥으로 운영의 등골을 누르는 사이, 나는 집게손가락을 운영의 입 속으로 집어넣었다. 손끝에 물컹한 무언가가 닿는 듯싶었을 때, 운영이 가슴을 펄떡거리며 기침했다.

캑캑.

아니나 다를까, 운영의 입에서 인절미 조각이 튀어나왔다. 운영이 힘없이 사지를 늘어뜨렸다.

앵두가 번철의 빈대떡 뒤집듯 가볍게 운영의 몸을 뒤집었다.

"목 좀 받쳐 봐."

앵두가 제 팔오금에 운영의 목을 걸쳤다.

"아는 의원님이 주신 약물인데, 몇 모금 먹여 보자."

호리병 마개를 빼내고 나무 숟가락에 약물을 따라 운영의 입 속으로 흘려 넣었다. 몇 모금 받아먹은 운영의 낯에 그제야 핏기가 돌았다. 모닥불 그림자가 운영의 흰 이마에 일렁거렸다.

"호리병 얘기 하나 해 줄까?"

운영이 보일 듯 말 듯 고개를 끄덕였다.

"동굴 구경은 나도 생전 처음이야. 부채 모양, 치마 모양, 항아리 모양, 꽃 모양, 새 모양까지 정말 갖가지 모양의 돌고드름, 돌순들이 있구나."

운영이 다시 한 번 착한 아기처럼 고개를 까닥까닥했다.

"아무리 솜씨 좋은 석수라도 이런 모양들로 돌을 깎아 내긴 쉽지 않을 거야. 그야말로 여와씨의 솜씨지. 여와는 중국 사람들이 조상신으로 모시는 분이야. 하늘에 구멍이 났을 때 다섯 가지 빛깔의 돌을 구워 구멍을 메웠다고 해. 여와가 어릴 적 여름이었어. 여름엔 비가 많이 오고 더러 비가 새기도 하잖아? 그래서 여와의 아버지 고비가 빗물이 새지 않도록 지붕에다 푸른 이끼를 촘촘히 깔아 놨대. 비가 억수처럼 퍼붓기 시작하자, 여와는 오라버니 복희와 함께 집 안에 가만히 들어앉았어. 한편 고비는 천둥 번개를 다스리는 아우 뇌공이 장차 인간에게 큰 재앙을 내리려 한다는 사실을 알고 막으려 했어. 그래서 처마 밑에 쇠 망태기를 가져다가 입구를 벌려 놓고는 어둠을 향해 창을 겨누고 뇌공을 기다렸지. 이윽고 얼굴이 시퍼런 뇌공이 손도끼를 들고 하늘에서 내려왔어. 눈에서 벼락 같은 빛이 번뜩번뜩했대."

"하지만 지붕에 깔린 이끼에 미끄러졌을걸?"

"그랬지."

"그다음엔 창을 맞고 쇠 망태기를 뒤집어썼겠지."

운영의 반응에 김이 빠졌다.

"아는 얘기야?"

"아니야, 그다음은 몰라. 계속해 줘."

"이튿날, 고비는 먹을거리를 장만하러 장에 가면서 오누이한테 신신당부했어. 절대로 삼촌한테 물을 주지 말라고."

"하지만 물을 주고 말걸?"

"그래, 줬다, 줬어. 나 얘기 그만할래."

인절미를 우물거리며 잠자코 듣던 앵두가 나섰다.

"운영이 너는 자꾸 끼어들지 좀 마라. 도령은 얘기 끊지 말고 계속하시구려."

나도 기왕 시작한 얘기를 끝내지 않고 흐지부지 그만두기는 찝찝했다.

"뇌공이 물 달라, 물 좀 달라, 쉬지 않고 애원하는데 어쩌겠어? 미워도 삼촌인걸. 기어코 물 한 잔을 얻어먹은 뇌공은 금방 힘을 되찾아 쇠 망태기를 뜯어 버렸어. 그러고는 조카들한테 이 한 개를 뽑아 주고 하늘로 올라갔지. 집에 돌아온 고비는 곧 대홍수가 날 거라며 단단한 쇠로 배를 지었어. 오누이는 삼촌이 준 이를 땅에 심었는데, 순식간에 자라더니 박열매가 주렁주렁 달렸대. 이윽고 고비의 예상대로 큰비가 밤낮없이 내렸어. 집은 물론 산꼭대기까지 물에 잠겼지. 고비는 배에 타고 오누이는 박속을 파낸 호리병에 들어갔어. 그런데 큰물이 하늘 바로 아래까지 차올랐다가 금세 빠지는 바람에 배가 거꾸로 곤두박질치고 말았어. 호리병도 뒤집혔지만, 호리병이야 알다시피 뒤집히나 마나 한가지잖아. 물이 깊으나 얕으나 동동 뜨니까 곤두박질을 치려도 칠 수가 없지. 결국 세상 모든 사람이, 그러니까 배에 탔던 고비까지 다 죽고 오로지 여와와 복희 오누이만 살아남았어."

"그럼 둘이 혼인했겠네?"

운영이 또 입을 놀렸다. 귀를 쫑긋하고 내 이야기를 듣던 앵두가 혀를 찼다.

"쯧! 끼어들지 말라니까."

"중국 사람들이 조상신으로 모신다며? 둘이 혼인해서 자손을 퍼뜨렸으니까 조상신이 되었겠지."

"오누이가 어떻게 혼인을 해?"

앵두가 면박을 주자 운영이 한마디 툭 던졌다.

"앵앵이랑 앵두도 오누인가?"

이번에는 내가 펄쩍 뛰었다.

"얘가 지금 무슨 소릴 하는 거야?"

운영이 힘없이 웃으며 도리질을 쳤다.

"아 참, 앵앵이는 도령이지."

그래서 여와와 복희가 혼인을 했느냐 안 했느냐, 앵두가 썩 궁금해하는 눈길로 나를 바라보았다.

"둘은 혼인을 할 수도 없고 안 할 수도 없어서 한동안 서로 눈치만 보았대."

"중매쟁이가 나설 때군."

"맞아, 보다 못한 샛별이 나서서 두 사람을 맺어 주었어. 그다음에 여와가 커다란 고깃덩어리를 낳았지. 복희가 그걸 갈기갈기 찢어서 뿌렸더니 땅에 닿자마자 모두 사람이 되더래."

"그러니까 사람이란 결국 고깃덩어리에 불과하다는 말씀?"

운영이 킥킥거렸다. 앵두도 따라 웃었다.

"녀석, 이제 완전히 나은 모양이네."

앵두가 나를 돌아보았다.

"어떤 의원인지 참 용하구려. 도령, 그 호리병 잘 간수하오. 아직 길이 머니 긴히 쓸데가 있지 않겠소?"

그때 운영이 불쑥 물었다.

"근데 말이지, 여와는 어머니가 없었어?"

그러게, 그건 한 번도 생각 안 해 봤네?

"아마 일찍 돌아가신 모양이지."

운영이 손을 내밀었다.

"호리병, 이리 줘 봐."

"왜?"

"그냥 좀 만져 보려고."

나는 누구이고 너는 누구인가

빈속으로 하루 종일 걸었다. 앵두가 서두르자고 채근한 탓에 주막에 들르지 못한 게 아쉬웠다. 발바닥에서 물집이 터져 걸음을 뗄 때마다 따끔따끔 쓰리고 아렸지만, 앵두 녀석이 운영을 업은 채로도 싱글거리며 앞서가는 탓에 쉬었다 가자는 말이 목구멍에 걸려 나오질 않았다. 꾀가 났다.

"얘, 운영아. 좀 걸어라. 너 다리는 멀쩡하잖아. 여기는 길이 좋아서 얼마든지 걸을 수 있어. 내가 손 잡아 줄게."

운영도 미안했던지 두말 않고 앵두의 등에서 내려왔다. 나는 운영의 손을 잡고선 한껏 느리게 걸었다. 앞을 보고 성큼성큼 걷는 황새 같은 앵두와 발바닥으로 길을 더듬는 촉새 같은 나는 애당초

보조가 맞지 않았다.

저만치 앞서가던 앵두가 더 참지 못하고 입을 열었다.

"샛길로 빠지지 말고 이 길을 쭉 따라 걸으면, 왼편으로 숯막[•]이 보일 거요. 내 먼저 가서 불 피우고 저녁거리 장만해 놓겠소."

"그러렴."

앵두를 보내고 나니 마음이 더 늘어져서 아예 길가 너럭바위에 운영을 앉히고 다리쉼을 했다. 운영이 보이지 않는 눈을 깜빡거렸다. 운영은 바위 아래 도랑에서 졸졸졸 흐르는 물소리를 듣고 길섶에 소복한 달개비와 꽃다지와 냉이꽃을, 아니 그 꽃들을 살랑살랑 흔드는 봄바람을 느끼는 듯했다.

"넌…… 사내가 아냐."

운영의 손에서 홱 내 손을 빼냈다. 그럴 리 없다는 걸 알면서도, 혹 앵두가 듣지 않았나 둘레둘레 살피면서.

"난 사내들 손에 자랐어. 불목하니 송 영감이 아비 격이고 젊은 부목들이 숙부 격이지. 수행만 하는 스님들은 손이 고와. 절편처럼 보드랍지. 오히려 불공드리러 온 보살님들 손이 거칠 때가 많아. 어떤 보살님은 일을 너무 많이 해서 손이 거북 등껍질 같지. 어쨌든 난 손만 만져 봐도 알아, 사내인지 아닌지. 뼈대가 다르고 관절이 다르거든. 굳이 가슴을 만져 보지 않아도 안다고. 그리고 냄

● 숯을 굽는 곳에 지은 움막.

새……. 너한테선 사내 냄새가 나지 않아. 네 또래 계집아이는 처음 만나니까 너한테서 계집 냄새가 난다고는 말하지 않겠어. 하지만 사내 냄새는 아니야. 당장 앵두하고도 전혀 냄새가 다른걸."

　아, 내가 괜히 이 아이 손을 잡았구나. 괜히 가까이서 부축한다고 꼴값을 떨었구나. 키가 작아도 열다섯 살이요, 눈이 안 보여도 눈치는 참새 방앗간 찾는 격이라는 걸 까먹고 있었어. 죽어도 아니라고 잡아뗄까? 아냐, 안 통할 거야. 보통 아이가 아닌걸 뭐. 차라리 솔직하게 털어놓고 내 편이 돼 달라고 하는 편이 낫겠어.

　"그게 말이지, 내가 금강산 구경을 하려는데 어린 여자 몸으로 혼자 다니기 좀 그렇잖아? 원래는 혼자 나섰던 길인데…… 앵두가 가마꾼이었어. 의림지에서 이래저래 말을 섞다 보니 뜻이 맞아서 함께하기로 했지."

　"어디까지 동행할 거야?"

　"나도 몰라, 그건."

　"표훈사에 도착하면 상황 봐서 몸을 숨겨."

　"왜? 너 혹시……?"

　대놓고 말하자니 나 스스로 창피하여 말을 끊었다.

　너 혹시 결국 내가 여자인 줄 알면 앵두가 나를 겁탈할 거라고 지레짐작하는 거야?

　"더는 말 못 해. 너희들 눈 멀쩡히 뜬 사람은 겉보기에 너무 많이 의지해."

그건 그래. 앵두 역시 가마에 탔던 내 꾸밈새만 보고 내가 철없는 양반집 막내 도령인 줄 알지. 기생첩의 딸로 대비정속을 하지 않는 이상 기적에서 이름을 뺄 수 없는 천한 계집아이라는 건 꿈에도 모르고. 그렇다면 앵두는? 남산골에서 태어나 남산골을 벗어난 적 없다는 말이 새빨간 거짓인 것은 분명한데……. 도대체 어디서 뭘 하던 녀석일까?

숯막까지 가는 길에는 그런저런 생각에 골몰하느라 더 이상 말을 하지 않았다. 운영도 제 나름 상념에 빠져 입을 다물었다.

서녘으로 지는 해가 핏빛 노을을 토해 냈다.

숯막은 버려진 지 오래된 듯싶었지만, 하룻밤 찬 이슬을 피할 만치는 튼실해 보였다. 기막히게 좋은 냄새에 운영과 나는 절로 코를 킁킁거리며 낡은 거적문을 젖혔다. 괄게 피운 숯불 위에 꿩이 구워지고 있었다. 앵두가 돌아보며 씩 웃었다.

"꿩 먹고 알 먹는다더니 꿩 잡은 자리에서 알까지 주웠지 뭐요."

운영이 흙바닥으로 퍼더버리고 앉았다.

"아, 목말라."

앵두가 반쯤 무너져 내린 부뚜막을 가리켰다.

"도령, 저기 물바가지 보이오? 요 뒤에 도랑이 있소. 물 한 바가지 떠 오시구려."

귀로 먹은 약과

여름을 재촉하는 비가 추적추적 내렸다. 때때로 천둥 번개도 내리쳤다. 이제나저제나 날이 갤 때를 기다리다 하루가 속절없이 저물었다. 앵두가 모닥불을 피워 사위는 훤했지만, 자꾸 눈앞이 거뭇거뭇 어두워졌다. 온종일 곯은 배는 꼬르륵거리는 것도 잊어버렸다. 그저께 주모가 날씨 얘기를 하며 붙잡을 때 못 이기는 척 눌러앉을걸, 후회가 막심했다. 괜히 고집 피웠다가 이 으스스한 상엿집*에서 하루를 공치다니.

"눈에 헛거미가 잡힌다 잡힌다 해도 그게 무슨 말인 줄 몰랐는

● 시체를 나르는 도구인 상여와 그에 딸린 여러 도구를 넣어 두는 초막.

데 이제야 알겠구나. 아, 약과 한 개만 먹었으면. 아니면 주악이라 도."

앵두가 나를 돌아보며 왼쪽 입꼬리만 비틀었다.

"팔자 좋은 양반집 도령이라 역시 다르구려. 우리 같은 천것들 은 젖배부터 굶기 시작해서 죽을 때까지 그저 일 년에 대여섯 달 은 입 안에 거미줄을 치는데 말이오. 약과랑 주악이라니 이름만 들 어 봤지 구경도 못 해 봤다오."

배를 곯은 적이 없긴 해도 팔자 좋은 양반집 도련님은 아니라네. 에그, 내가 말을 말자, 말을 말아.

앵두가 운영의 머리를 쓰다듬었다.

"너는 먹어 봤느냐?"

"우리 주지 스님 성품 몰라? 밥, 나물, 된장 말고는 잡수시질 않 잖아. 재(齋) 올릴 때는 백설기도 찌고 약과도 지진다는데, 객들한 테 전부 싸 주고 절 식구들은 맛도 못 봐. 탐식을 야차●처럼 미워 하는 주지 스님이 눈 부릅뜨고 지켜보신다더라. 그나마 별미라면 가마솥에 저절로 눈는 누룽지야. 끼니때마다 그거 좀 얻어먹으려 고 난리지. 또 송 영감이 가끔씩 찰밥을 치대고 주무르고 콩고물 묻혀서 만들어 주는 인절미가 있어. 절 식구들한테는 세상에 그것 만큼 맛난 음식이 없지."

● 사람을 괴롭히거나 해치는 사나운 귀신.

운영이 보이지 않는 눈을 홉뜨며 웃었다. 내가 퉁을 주었다.

"그 맛난 걸 먹다 체하기는 왜 체했누?"

"그러게, 생각할수록 아깝네. 그때 토해 낸 거 그냥 버렸지?"

"에라, 그거 눈앞에 있으면 도로 먹으려고?"

앵두가 흙바닥에 벌렁 드러누우며 말했다.

"도령, 약과랑 주악이란 게 어떻게 생긴 놈인지 알려나 주시오. 입으로 못 먹어 본 음식, 귀로나 먹어 봅시다."

운영도 관심이 있는지 귀를 쫑긋했다.

좋아 뭐. 내 손으로 만들어 본 적은 없어도 눈으로야 많이 보았고, 입으로는 수없이 먹었으니.

"소증˙ 난 사람은 병아리만 봐도 낫는다는데, 배고픈 사람한테 음식 이야기 들려주는 건 어떠려나. 암튼 약과는 말이야……."

혓바닥 아래 고인 침을 꿀꺽 삼키고 말을 이었다.

"우리 아버님이 약과를 무척 즐기시거든. 약과를 잡수실 때마다 하시는 말씀이 있어."

나도 운영처럼 아버지 음성을 흉내 내었다.

"약과 먹기라는 말이 괜히 생긴 게 아니니라. 세상일이 다 약과 먹기처럼 쉽고 즐겁다면야 인생을 고해˙˙라 푸념할 일도 없을 텐

˙ 푸성귀만 너무 먹어서 고기가 먹고 싶은 증세.
˙˙ 고통이 가득한 세계.

데⋯⋯."

아버지 무릎에 앉아 혜혜와 함께 약과를 갉아 먹던 예닐곱 살 적의 추억이 선연히 떠올랐다.

"밀을 곱게, 아주 곱게 빻아서 체에 쳐. 체도 쳇불이 성근 게 있고 고운 게 있거든? 약과 만들 밀가루는 고운체에 쳐야 해. 다 쳐서 내리면 참기름을 넣고 휘휘 섞지. 거기다 꿀이랑 술을 알맞게 부어 또 치대는데, 이때 힘줘서 박박 치대지 말고 살짝살짝 치대는 게 중요해. 그래야 반죽의 결이 살거든. 마구 치대면 약과 맛이 안 나고 국수 맛이 나 버려. 그다음에는 밀반죽을 판판하게 펴서 약과판에다 찍어 내면 돼."

"약과판이란 건 어떻게 생겼지?"

"다식판이랑 비슷하게 생겼는데, 본 적 있어?"

"듣느니 처음이야."

"다식은 차 마실 때 먹는 과자야. 송홧가루나 황밤 가루를 꿀에 버무려서 다식판에 찍어 내면 색깔도 모양도 예쁘지. 국화나 연꽃 모양도 있고 물고기 모양도 있어. 맛도 맛이지만 눈요깃감으로도 한몫해."

앵두가 눈두덩을 벅벅 긁으면서 재촉했다.

"거 눈요깃감 얘기는 그만하고 약과나 마저 만들어 보오."

앵두는 눈요기를 할 수 없는 운영을 의식하고 있었다. 녀석, 은근히 세심하단 말이지.

"그런데 절에서도 다과를 즐기지 않니? 우리 집에 오시는 스님들은 하나같이 차를 좋아하시고 다식 안목도 높으시던데?"

운영이 고개를 설레설레 저었다.

"스님도 가지각색이야. 우리 주지 스님은 승려 된 자가 백성들보다 호사스럽게 사는 건 부처님 앞에 죄업을 쌓는 일이라고 믿으셔."

"그렇구나. 암튼 약과판도 다식판처럼 나무로 만든 틀이야. 모양이 새겨진 홈이 있어서 반죽을 밀어 넣고 박아 내면 돼. 그 반죽을 끓는 기름에 넣고 튀기지."

"그럼 다 된 거야? 맛있겠다. 누룽지나 인절미도 기름에 튀기면 더 맛있던데."

운영이 입을 다셨다.

녀석, 입맛이 우리 혜혜하고 똑같잖아? 아, 혜혜는 지금쯤 무얼 하고 있을까. 이렇게 비 오는 날이면 늘 그랬듯, 솥뚜껑에 기름 넉넉히 둘러 부쳐 낸 지짐이를 앞에 두고 어머니와 수다를 떨고 있을까.

"맛은 있어. 나도 가끔 그걸 집어 먹곤 해. 하지만 그건 튀긴 밀반죽일 뿐이야. 갓 튀겨서 반죽이 뜨거울 때, 체에 밭친 생강즙이랑 계핏가루를 섞은 조청 꿀물에다 켜켜이 쟁여 두면, 꿀물이 속속들이 배어들어 노릇노릇 홀부드르르한 결이 만들어지지."

운영의 입에서 신음 소리가 새어 나왔다. 앵두도 침을 삼키는지

울대뼈가 들썩거렸다.

"마지막으로 잣가루를 뿌리기도 하고 그냥 잣알을 예쁘게 박기도 해. 한입 베어 물면, 달콤하고 쌉싸름하면서도 고소한 맛이 입 안 가득 퍼져."

"이번에는 주악을 먹자."

앵두가 봇짐에서 왕소금을 꺼내더니 한 알씩 나눠 주었다.

"이거 원 입이 심심해서. 자, 이걸 주악이라 생각하는 거야."

혓바닥으로 소금을 녹이며 주악을 상상했다.

"주악은 조그맣게 만들어 절편이나 증편처럼 커다랗고 네모진 떡 위에 올리는 웃기떡이야. 먼저 끓인 물로 찹쌀가루를 반죽해서 납작납작 빚어. 그리고 그 속에 꿀에 절인 대추나 밤, 볶은 콩가루나 으깬 팥 같은 소를 넣고 반으로 접어서는 기름에 지지는 거야. 모양이 꼭 조약돌처럼 생겨서 주악이라 부른다나……."

침묵이 흘렀다. 앵두와 운영도 나처럼 머릿속 부뚜막에다 약과와 주악 만들 재료를 죽 늘어놓은 모양이었다.

단발령에서 만난 멧돼지

큰 고개 세 개와 작은 고개 다섯 개를 넘어 단발령에 올랐다. 금강산 일만 이천 봉을 한눈에 담을 수 있는 곳……. 머리털이 곤두서고 입이 절로 벌어졌다. 아무 말도 못 하다가, 앵두가 운영을 내려놓으며 부스럭거리는 소리에 정신을 차렸다.

"아, 힘들다, 힘들어. 당달봉사 녀석이 암자에 처박혀 있을 일이지 공연히 금강산을 가겠다고 떼를 써서는 아주 생사람을 잡는구나, 잡아."

앵두는 가만히 있는데, 운영이 앵두 목소리를 흉내 냈다. 앵두는 나처럼 화를 내지 않고 씩 웃기만 했다. 앵두와 내가 말없이 풍경에 젖어 있자, 운영이 입을 뗐다.

"도령, 숯막에서 들려줬던 그 약과 말이야. 귀로 먹어도 맛나던데, 여기 풍경도 귀로 볼 수 없을까? 여기는 꾀꼬리랑 뻐꾸기 울음소리도 달라. 무언가 달라. 도령 심장이 두근대는 소리가 들려."

운영아, 말이 무색한 어떤 감정, 어떤 풍경이 있어. 시야로 뚜벅뚜벅 걸어 들어오는 이 압도적인 아름다움을, 옥을 깎아 세운 듯 눈덩이를 빚어 놓은 듯 구름 속에 우뚝한 저 희디흰 봉우리들을, 내가 무슨 재주로 묘사할 수 있겠니.

"글쎄, 그냥…… 꿈을 꾸는 것 같아."

"꿈? 꿈이라면 나도 자주 꾸는데. 나도 꿈속에서는 풍경들을 봐. 말로 설명할 수 없을 만큼 아름다운 산천도 가끔 보지. 좋아, 그런 풍경이라고 생각하지 뭐."

"그래, 내가 말로 설명할 수 있겠다 싶은 건 뭐든 얘기해 줄게."

"근데 여기가 왜 단발령이야? 여기서 금강산을 보면 누구나 머리털을 밀고 중이 되고 싶기 때문에?"

"듣고 보니 그것도 그럴듯하네."

"하지만 아무런 재미가 없잖아. 도령이 아는 얘기는 없어?"

운영이 손을 들어 제 귓불을 만지작거렸다.

"우리 조선 전에 고려가 있었던 건 알지?"

"알지. 언제 적인지 모르게 오래된 얘기를, '고려 적 얘기'라고 하잖아."

"맞아, 그럼 고려 전에 있었던 나라는?"

운영이 고개를 흔들었다. 앵두를 돌아보았지만, 역시 꿀 먹은 벙어리처럼 입을 꾹 다물고 있었다.

"신라야. 천 년이나 이어지다가 고려한테 망했지. 망한 뒤에 말이야, 신라의 마지막 태자가 베옷을 입고는 금강산으로 숨어들었대. 한겨울에도 베옷만 입어서 마의 태자라 하는데, 초근목피°로 연명하며 망국의 슬픔을 견뎠다나? 그이가 바로 이곳에서 머리를 깎았대서 단발령이라는 이름이 붙은 거지."

앵두가 나를 힐끗 바라보았다.

"도령은 그런 얘기도 다 책에서 읽었소?"

"아니, 아는 어른한테서 들었어. 호리병에 약물을 담아 주신 의원님."

앵두가 눈을 돌렸다. 녀석의 눈동자에 얼핏 드리웠던 그림자가 어떤 의미일까 궁금했다.

그때 별안간 죽을 듯이 헐떡거리는 숨소리와 거친 발소리가 들렸다. 앵두가 바위 그늘 아래로 우리를 몰아넣었다. 죄지은 건 없지만 어쩐지 가슴이 콩닥거려서 앵두의 지시에 군말 없이 따랐다.

무언가 쿵 딱 쿠쿵 부딪치는 소리, 돼지 멱따는 소리, 바람을 가르고 날아간 채찍이 사람의 살갗에 쩍쩍 들러붙는 소리가 연이어 들렸다.

● 풀뿌리와 나무껍질이라는 뜻으로, 영양 가치가 없는 음식을 비유하는 말.

귀를 기울여 보니 소리가 나는 곳은 박달나무로 지은 누각 근처였다.

그늘 속에서 어둠이 눈에 익자, 누각 아래 늘어서 있는 사람들이 보였다. 성이 나서 파랗게 독이 오른 살찐 양반, 시종, 짐꾼 둘, 칼 찬 호위, 땀범벅이 된 승려 둘. 덮개 없는 가마인 남여가 누각 대들보 아래 팽개쳐진 꼴로 보아, 승려들이 남여를 내려놓으면서 실수한 모양이었다.

"에구, 영감마님. 살려 주십시오. 죽을죄를 지었습니다. 그저 살려만 주십시오, 영감마님."

땀범벅이 된 채 펄쩍펄쩍 뛰며 손이 발이 되도록 비는 쪽은, 덩치는 곰만 해도 빡빡 민 머리통 아래 목덜미가 아직까지 보송보송한 젊은 승려들이었다. 두 승려를 겨끔내기로 사정없이 채찍질하는 사람은, 보통 사람 서넛을 묶은 듯 피둥피둥 살찐 영감이었다. 그 살 또한 운영처럼 희고 무른 두부살이 아니라 검누렇고 딴딴한 멧돼지 살이라, 채찍을 한 번 들어 올려 휘갈길 때마다 마치 성난 멧돼지가 송곳니로 물어뜯는 것 같았다.

승려들의 목덜미 살갗이 찢기고 잿빛 장삼이 피로 물드는데도 시종과 짐꾼들은 멀거니 보고만 있었다. 마침내 양반이 한 손에 채찍을 말아 쥐며 말했다.

"네놈들 민대가리 속에 언감생심 양반을 능멸하는 흉악무도한 마음이 있기에 이런 참담한 일이 벌어진 것이다. 차후에 한 번 더 이런 일이 생기면, 그때는 살아남지 못할 줄 알렷다."

돼지 멱따는 소리는, 그러니까 이 양반이 남여에서 굴러떨어지며 낸 비명이었구나.

"어서 가마를 메지 못할까!"

멧돼지가 남여에 오르며 호령했다.

승려들이 터진 입술 새로 끙 신음하며 남여를 멨다. 행여 남여가 흔들려 또 채찍을 맞을까, 꼭꼭 사리문 이가 금시라도 부러질 것 같았다.

남여 행렬이 어느 정도 멀어지자 앵두가 나를 보고 말했다.

"생사람 잡는다는 게 어떤 건지 알겠소? 원체 험해서 짐 없이 올라도 저절로 허덕거리게 되는 곳이 단발령이거늘……."

운영이 말했다.

"땀방울 떨어지는 소리가 빗소리 같아. 투두둑투두둑……."

누구보다 예민한 귀다. 남이 듣지 못하는 소리도 놓치지 않는 아이가 운영이었다.

앵두가 소맷부리로 이마의 땀을 닦고는 운영을 업었다.

"보아하니 장안사렷다. 양반님네 유람 행차를 따라가면 대접이 융숭하지. 원님 덕에 나발 분다고 오랜만에 입 호강 좀 해 보자."

아연한 광경에 멍하니 있던 나도 이 말만은 놓치지 않고 앵두를 몰아붙였다.

"너, 여기 몇 번째야? 나한테는 왜 남산골을 벗어난 적이 없다고, 그따위 씨알도 안 먹힐 거짓말을 했어?"

앵두가 들은 체 만 체 성큼성큼 앞장섰다. 나도 종종걸음으로 따라붙었다.

"야, 앵두! 너 도대체 뭐 하는 녀석이야? 농사꾼이나 어부의 자식이면 이런 델 싸다닐 리 없고 시인 묵객이면 까막눈일 리 없잖아. 너 혹시 청나라나 왜국에서 보낸 간자(間者)?"

"아까 본 저런 양반, 어찌 생각하오?"

앵두가 내 추궁에는 대답하지 않고 엉뚱한 질문을 했다.

"생각하고 말고가 어디 있어? 꿈에서도 마주치기 싫지."

"나는 마주치고 싶은데…… 심장에다 칼을 꽂아 버리게!"

앵두의 눈빛에 칼날 같은 냉기가 번득였다.

가슴이 철렁, 내려앉았다.

어쩌면, 아까 그 양반이 말한 흉악무도한 마음을 품은 자란, 저 앵두일지 몰라.

"내 아비도 저런 양반 떨거지거든. 아비라 부를 수도 없고 불러 본 적도 없지만. 내가 뭐 하는 녀석이냐고 물었소?"

나는 얼떨결에 고개를 끄덕였다.

"천하에 할 일 없는 떠돌이요. 농사꾼의 자식이면 농사를 짓고 어부의 자식이면 배를 타고 글줄을 배웠으면 시인이라도 됐을 텐데, 종첩의 자식은 종도 못 해 먹겠습디다."

"왜……?"

"아비란 양반이 나하고 무슨 백 년 원수가 졌던지 그저 내가 눈에 띄기만 하면 정신이 홱 돌아가서는 몽둥이 들고 때려죽이려 설치는데, 종노릇인들 할 수 있었겠소? 그나저나 서두릅시다. 까딱하다간 공양 시간 놓치겠소."

앵두가 말꼬리를 늘이지 않고 걸음을 재촉했다.

옛 성터의 돌멩이들

내를 아홉 번이나 건넜나. 골짜기가 막힌 듯하다가도 뚫리고 봉우리가 가로막는 듯하다가도 틈을 내주었다. 남여꾼들이 남긴 발자국이 있어 길을 헷갈리지는 않았다. 뾰족한 돌무더기와 푸른 절벽이 범상치 않았으나, 느긋이 돌아볼 시간이 없었다.

십여 리쯤 나아가자 눈이 시원해지는 큰길이 활짝 펼쳐졌다. 복잡하게 얽혀 있던 머릿속 거미줄이 적잖이 걷히는 것 같았다. 문득 운영의 부탁이 생각났다.

"운영아, 이 길은 말이야. 길섶에 삼나무와 전나무가 하늘을 받치는 기둥처럼 까마득히 치솟아 있어. 땅바닥에는 가느다란 풀이, 마치 네 머리카락 같은 풀이 살랑거리고. 장안사는…… 우아, 일주문부터 웅장하구나! 저 안으로는……. 우아, 한 골짜기가 다 절집이네? 황금색 불전이 멀리서도 훤하구나. 3층짜리 종각도 있고…….”

장안사 주지가 주석 고리가 달랑거리는 석장●을 짚고 법당에서 내려와 멧돼지 양반을 맞이하고 있었다. 이목구비가 단정하고 눈이 맑은 노승에게서는 감히 범할 수 없는 위엄이 풍겨 났다. 멧돼지조차 거드름을 버리고 노승을 뒤따라 사뭇 공손히 주지의 거처인 당두로 향했다.

멧돼지의 시종이 입술을 실룩거리더니 뒤에 있던 짐꾼한테 들리라는 듯 나지막이 뇌까렸다.

“저 중대가리가 말이야, 부부인●● 댁에서 극진히 따르는 중이라는군. 그러니 우리 영감마님도 저리 꼼짝 못하시는 게야.”

우리는 그 시종이 들어간 방을 피해 맨 아랫것들이 득시글거리는 행랑채에 조용히 자리를 잡았다. 살생을 금하는 불가라 고기나 생선 따위는 당연히 없었으나, 온갖 산채에 해조류 부각에 김이 모락모락 나는 두부까지 한 상 가득 차려진 점심상이라니! 눈이 번쩍 뜨였다.

우선 두부부터 욕심껏 퍼먹고서야 쌀밥에 나물을 얹어 비볐다.

● 승려가 짚고 다니는 지팡이.
●● 조선 시대에 왕비의 친정어머니나 대군의 아내에게 주던 칭호.

다른 식객들은 그래도 이러쿵저러쿵 이야기를 나누며 식사했지만 우리 셋은 그저 먹고 또 먹었다. 내일 점심까지 배 속에다 쟁여 둘 수 있으면 좋으련만, 야속히도 배는 금세 불렀다. 마지막으로 숭늉 몇 모금을 마셨더니 목구멍까지 음식물이 차올라 욕지기를 느낄 지경이었다.

앵두가 운영을 업고 소리 없이 길을 나서기에 나도 행전*을 다시 돌라매고 일어섰다. 궁금증을 못 이기고 당두를 힐끗 보니, 주지와 멧돼지 양반이 정갈한 다과상을 가운데 놓고 녹차를 마시고 있었다.

우리는 신선루와 옥경대를 두루 보고 그 남쪽 명경대로 갔다.

"운영아, 명경대는 말이야, 수십 길 넘는 기암 석벽이 우뚝한 곳이야. 너비도 반백 척은 되지 싶어. 평평한 반석이라서 부연 천을 깔아 놓은 것 같기도 하고, 유리를 펼쳐 놓은 것 같기도 해. 거울처럼 얼굴이 비칠 정도야."

"그래서 이름이 명경대구나? 하지만 난 내 얼굴을 못 봐."

나는 운영의 손을 잡아 내 얼굴에 갖다 대었다.

"자, 내 얼굴을 만져 봐. 손으로도 볼 수 있어. 우리 외할머니가 그러시지. 내가 나기 전에 시력을 잃으셨는데, 외가에 가면 늘 내 얼굴을 손으로 만지곤 하셔. 내 새끼 코는 요렇고 입은 요렇고 턱

● 바지나 고의를 입을 때 움직이기 편하도록 정강이에 감아 무릎 아래 매는 물건.

은 요렇고, 웅얼웅얼하시며 손으로 보시는 거야. 사실 내 얼굴이나 네 얼굴이나 그다지 다르지 않아. 사람 얼굴이란 게 얼추 다 비슷하거든.”

내 얼굴을 만진 뒤 제 얼굴을 손으로 가늠해 본 운영이 헤벌쭉 웃었다.

“내 얼굴이 조금 더 납작하고 갸름하군. 눈구멍은 더 크고 입술은 더 얇아.”

“명경대를 두고 자기 업을 비춰 보는 업경대라고도 한대. 불교에서는 우리 모두 전생의 업장을 짊어지고 태어난다고 하지.”

말끝에 절로 한숨이 났다.

나는 전생에 무슨 죄를 지었기에 양반집 도령이 아닌 기생첩의 딸로 나서 남의 첩 자리에 들어가야 할까? 앵두 너는 무슨 죄를 지었으며 운영이 너는 또 무슨 죄를 지어서……

앵두의 얼굴에도 깊은 그늘이 드리웠다. 업의 그늘일까. 지금 내 얼굴도 저러할까.

“저 업경대 앞에 있는 못은 물빛이 누레. 그래서 황천강이라고 한대.”

“황천이 어딘데?”

“저승.”

운영이 콧등을 찡긋하며 웃었다.

“저승이 우리 코앞에 있네?”

"그러게, 대문 밖이 저승이란 말도 있어."

병치레가 잦은 안방마님이 늘 하는 말씀이다. "남이 대신 못 가주는 길이 두 가지가 있는데, 변솟길하고 저승길이여. 에그, 걸어서 변소 다닐 수 있을 때까지만 살다가 잠결에 죽어야지."라는 말씀을 입에 달고 살면서도 소변은 물론 대변까지 꼭 요강에다 보는 분. 몸종 언년이가 그 요강 부시느라 십 년째 학질을 떼지만, 언제까지 그 치다꺼리를 해야 할지는 아무도 모른다. 어쩌면 언년이가 먼저 죽을지도. 어쩌면, 내가 먼저 죽을지도. 당장이라도 저 누런 물에 몸을 던지면, 그러기만 하면…….

이름 새긴 돌을 바위틈에 끼워 놓고 주홍색으로 칠한 바위는 옥경대라 했다. 그 위에 올라앉으니 건너편에 큰 바위로 만든 문이 보였다.

입구로는 한두 사람이나 겨우 빠져나갈까. 업에서 황천으로 이어진 상념이 어두웠던 데다 시야에 들어온 돌문도 생김새가 왠지 비장하여 오스스 소름이 돋았다.

아! 저것이 지옥문!

"야, 앵두. 저기로 가 보자. 저거, 마의 태자가 출입하던 그 지옥문 같아. 태자가 저 문으로 나들면서 일생을 마쳤대."

내가 달음질치자 앵두도 운영을 업고 따라왔다.

지옥문으로 머리를 들이밀며 말했다.

"맞다, 맞아. 방금 생각났는데 마의 태자는 명경대 앞에 궁을 짓고 살았댔어."

앵두가 걸음을 멈추고 피식 웃었다.

"저 황천강에다 말이오? 거짓말쟁이 도련님이군."

나는 앵두와 다른 뜻으로 웃었다.

"바보야, 상전벽해란 말도 못 들어 봤어?"

앵두의 눈초리가 위로 쓰윽 올라갔다. 가만 보니 이 녀석은 내가 아는 체를 하며 저를 좀 무시한다 싶으면 눈초리로 성을 낸다. 나는 얼른 말투를 연싹싹하게 바꾸었다.

"십 년이 지나면 강산도 변한다잖아. 고릿적 뽕밭이 우리 시대에 와서는 푸른 바다가 될 수도 있으니, 망국의 태자가 살았던 궁궐이 삭아 없어지고 누리끼리한 못이 되었어도 이상하지 않지."

성은 비록 물에 잠겼어도 옛 성터의 돌 더미 자취는 뚜렷했다. 나는 돌멩이를 서너 개 집어 운영의 손바닥 위에 올려 주었다. 운영은 그 하나하나를 움켜도 보고 어루만져도 보고 제 뺨에 대어도 보았다.

"마의 태자도 이 돌에 손댔겠지?"

"태자 손만 닿았겠어? 거의 천 년 세월인데 사람뿐 아니라 짐승 발톱도 숱하게 겪었겠지. 풀잎도 햇살도 빗방울도 얼마나 많이 스치고 닿았을까. 어쩜 그 돌멩이도 천 년 전에는 저 명경대 같은 바위였을지 몰라. 작은 돌멩이 하나에도 제 나름의 역사와 사연이 있으니 우리 인간은 더하겠지."

운영이 한참 동안 입술을 잘근잘근 깨물다 입을 열었다.

"나 같은 당달봉사가 왜 금강산 유람길을 따라왔나 궁금했지?"

나는 무심코 고개를 끄덕거리다, 운영이 못 본다는 사실을 깨닫곤 응응, 콧소리를 냈다.

"눈뜬장님에 난쟁이, 부모도 모르는 고아……. 송 영감한테서 들은 얘기라곤 날 낳자마자 어미는 죽고 아비는 금강산으로 도망갔다는 것……. 그런데 아비가 송 영감한테 나를 맡기면서 했다는 말이 있거든. 보다시피 이 핏덩이가 사람 구실을 하기는 글렀지만, 행여나 열다섯 살까지 살아 있거들랑 금화, 남화 두 굴을 거쳐 금강산으로 가도록 보내라, 도중에 호리병을 찾으라고 해라……."

아, 그런 연유로 두 굴에서 호리병 얘기를 했구나.

운영이 뾰족한 돌멩이를 들어 제 이마에서 콧등, 인중에서 턱에 이르도록 선을 내리그었다.

"나도 내 역사와 이야기를 찾으러 온 거야."

운영의 흰 얼굴에 지렁이처럼 붉은 줄 하나가 생겼다. 운영이 아래에서 위로 한 번 더 선을 그으려 하자, 앵두가 다가가 돌을 빼앗았다. 운영이 한마디 보탰다.

"금강산과 호리병이 나한테는, 내 역사로 가는 지옥문이야."

내가 물었다.

"그 앞에 지옥이 기다리더라도 갈 거야?"

운영이 고개를 끄덕였다.

이것이 어찌 풍경 탓이랴

삼불암 앞에서 잠시 다리쉼을 했다.

"오른쪽이 미륵불, 가운데가 석가모니불, 왼쪽이 아미타불. 손 모양이 다 달라."

모처럼 앵두가 아는 체를 했다. 사인암 송 영감한테서 들은 풍월일 터. 어쨌든 나는 모르던 사실이기에 세 불상의 손을 하나하나 비교하며 감탄사를 연발했다.

"와아, 대단하다, 대단해! 불심이란 게 무언지, 원. 돌덩어리를 가지고 이런 형상을 만들어 내려면 대체 얼마만 한 불심이 필요한 걸까?"

앵두의 입가에 꽤나 흐뭇한 미소가 떠올랐다.

운영은 보이지 않는 불상 같은 것에 별 관심이 없는지 딴청을 피웠다.

"꾀꼬리 소리! 앵앵이 소리!"

그러고 보니 사방에서 꾀꼬리들이 지저귀고 있었다. 내 새장을 벗어난 꾀꼬리 한 쌍이 생각났다. 나 또한 새장에서 벗어난 꾀꼬리 아니랴.

"그래서 꾀꼬리 소리, 앵앵이 소리가 듣기 좋다는 거니, 싫다는 거니?"

웃자고 한 얘기인데, 운영은 웃기는커녕 눈살을 찌푸리더니 집게손가락을 입술에 갖다 대었다.

"쉿잇, 멧돼지 소리야……."

앵두가 번개 같은 동작으로 운영을 안고 삼불암 뒤편 그늘에 몸을 숨겼다. 나도 앵두를 뒤따랐다.

이윽고 장안사 남여꾼들이 멧돼지를 태우고 나타났다. 남여꾼들은 극도로 조심조심하며 삼불암 앞 흙바닥에 남여를 내려놓았다. 시종이 좌우를 두리번두리번 살펴보고는 멧돼지를 향해 굽실거렸다.

"표훈사 중놈들이 아직 안 왔나 봅니다요, 영감마님."

멧돼지가 뺨을 씰룩거리며 두 주먹을 쥐었다 폈다 했다. 짐꾼들과 장안사 남여꾼들은 감히 앉아서 쉬지 못하고 엉거주춤 선 채로 멧돼지의 눈치만 부지런히 엿보았다.

멧돼지가 문득 남여에서 일어나 유혜* 신은 발로 길섶의 풀잎을 마구 짓이겼다. 운영이 입술을 깨물며 두 손바닥으로 귀를 막았다. 남달리 예민한 귀로 풀잎의 아우성까지도 듣나 싶었더니 그게 아니었다. 곧 화급한 달음박질 소리가 귀청을 울렸다. 두 승려가 기름땀을 뻘뻘 흘리며 달려왔다. 이마에 팔자 주름이 깊이 패고 한 쪽 뺨에 붉은 화상 흉터가 있는 초로(初老)의 중이 멧돼지 앞에 서자마자 풀썩 엎드렸다.

"소, 송구하옵니다. 애초에 남여를 메기로 했던 중이 토사곽란** 으로 쓰러지는 바람에……."

"구차한 핑계는 듣기 싫다! 다 네놈들 흉악무도한 심보가 시킨 짓 아니냐!"

멧돼지가 허리춤에서 가죽 채찍을 꺼냈다. 늙은 중을 따라 엎드리려던 젊은 중이 혼비백산해서 뒷걸음질 쳤다. 짐꾼들이 젊은 중의 오금을 꺾고 목덜미를 잡아 멧돼지 앞에 끌어다 놓았다. 흉터 있는 늙은 중은 두드려 맞으면서도 움찔거리기만 할 뿐 신음조차 내지 않는데, 젊은 중이 외려 죽겠다고 비명을 질러 댔다. 멧돼지는 분이 풀릴 때까지 채찍을 휘두른 뒤, 젊은 중의 어깻죽지를 걸어찼다.

● 진 땅에서 신도록 만든 신. 물이 새지 않게 기름 먹인 가죽으로 만들었다.
●● 위로는 토하고 아래로는 설사하면서 배가 질리고 아픈 병.

"이만한 매도 못 견디는 놈이 남여를 어찌 메겠느냐? 네놈은 돌아가라! 거기, 콧방울 퉁퉁한 장안사 놈!"

멧돼지가 지목한 장안사 승려의 얼굴이 파랗게 질렸다.

"네가 여기 불에 덴 중놈하고 같이 메어라."

콧방울 퉁퉁한 장안사 승려가 죽을상으로 눈을 끔벅거리다 마른세수를 두어 번 하고는 남여 앞에 섰다. 화상 흉터가 있는 표훈사 승려는 뒤에 섰다.

두 승려가 구령을 맞추어 남여를 메고 걸음을 뗐다.

발소리들이 웬만큼 멀어지자 앵두가 말했다.

"사람 잡는 멧돼지가 저런 물건이었군."

나는 앵두를 보고 볼멘소리로 말했다.

"양반이라고 다들 저러진 않을 텐데?"

양반 멧돼지를 편들 생각은 눈곱만큼도 없었는데, 앵두가 내 말을 오해했는지 남여가 사라진 쪽으로 침을 찍 뱉고는 눈초리에 힘을 주었다.

"양반집 도령이라고 멧돼지 편을 들고 싶은 거요?"

나도 입술을 앙다물고 눈씨를 키웠다.

"양반 딱지 붙었다고 다 저럴까?"

"이곳에서 양반 딱지가 붙은 놈들은 하나같이 저렇게 제 다리로 걷지 않고 스님들을 나귀처럼 부린다오. 그러니 금강산 사찰마다 양반님네 유람객을 태울 스님 나귀들이 대기하고 있지 않겠소? 나귀들은 사찰별로 정해진 곳까지 양반님네를 태워 드려야 한다오. 하긴, 채찍까지 들고 설치는 놈은 나도 난생처음 보았구려. 양반 족속 중에 저렇게 성깔머리 급한 자는 흔치 않은데 말이오. 보통은 장안사, 표훈사에서 몇 날 며칠 유숙하며 인근 고을에서 갖다 바치는 온갖 술과 귀물을 포식하고 세월아 네월아 앞뒤 좌우 둘러보며 구경하는데 저 멧돼지는 내금강을 하루 안짝에 끝내려는지.”

“한여름 땡볕은 아니라도 이리 햇살이 쨍쨍한데 저 무거운 멧돼지를 메고서 스님들이 버텨 낼 수 있을까?”

“장안사 스님도 오전에 남여를 메었으면 오후에는 쉬어야 하는데 연이어 중노동을 하게 되었으니 큰일이고, 표훈사 스님도 본래 남여를 메기로 했던 이가 아니라면 요즘 중수 공사 때문에 새벽부터 기운을 썼을 텐데…….”

가만히 듣고 있던 운영이 끼어들었다.

“나, 표훈사로 가는 거 맞지?”

앵두가 운영을 업었다.

“응, 운구 대사님을 뵈어야 한다며?”

운구 대사라는 말에 귀가 번쩍 띄었다.

운구 대사님은 허 의원님 스승이신데? 운구 대사님을 만나 용고기 맛을 여쭤 보라 하신 의원님 음성이 여전히 귀에 쟁쟁한데, 이 녀석들도 운구 대사님을 만나러 가는 길이었다고?

궁금증을 못 참고 운영에게 물었다.

"왜 운구 대사님을 뵈어야 해?"

"송 영감이 그러랬어."

이번에는 앵두에게 물었다.

"운구 대사님은 어떤 분이니?"

"팔순 넘긴 다음부터 하루 한 끼 솔잎죽만 잡숫고, 아흔이 넘은 뒤론 나이를 세지 않는 노승이시오."

"그럼 백 살쯤 되셨나?"

내 물음에 앵두가 고개를 갸웃했다.

"넘었을걸?"

앵두가 남여를 피해 인도한 지름길은 깊고도 험했다. 앵두 혼자였으면 몰라도 우리 셋이 함께 움직이려니 시간이 외려 더 들었다. 종일 해가 들지 않는 곳도 많아서 이끼 낀 바위가 어찌나 미끄럽던지. 얽히고설킨 등덩굴, 칡덩굴을 통과했다 싶으면 삐죽한 괴석이 칼날처럼 눈앞을 가로막았다. 한눈팔다가는 낭떠러지로 굴러떨어지기 십상인 길이었다. 운영을 업은 앵두는 입을 꾹 다물고 한 걸음 한 걸음에 집중했다. 눈치 빠른 운영도 말을 시키지 않았다. 아슬아슬한 게 보고 있다가는 간이 떨어질 것 같아서 나도 앵두를 외면하고 내 걸음걸이에만 온 신경을 곤두세웠다.

표훈사 문루에 이르고 보니, 역시나 멧돼지의 남여가 먼저 당도해 있었다. 두 남여꾼 승려는 피로에 지쳐 삶은 배추처럼 흐느적거렸다. 화상 흉터 있는 승려의 입술에는 그새 피딱지까지 앉아 있었다.

"표훈사야?"

"응."

운영이 다리를 쭉 뻗었다. 내려 달라는 신호다.

운영은 업혀 왔는데도 워낙 약골이라 그런지 식은땀에 절어서 팔다리를 바들바들 떨었다. 앵두가 마침 지나가던 찹쌀 반대기처럼 해끔한 사미승에게 부탁해 운영을 행랑채에 눕혔다.

"운구 대사님을 뵈러 왔습니다만……."

내 물음에 사미승이 공손히 답했다.

"대사님은 새벽부터 밤까지 좌정하여 불경을 읽으시고 뭇 대중을 만나지 않으신 지 오래되셨습니다."

운영이 말했다.

"어쨌든 나는 여기서 저녁때까지 쉴게. 너희는 구경해. 오늘 밤은 여기서 묵을 거잖아?"

운영이 팔베개를 하고 하품을 뱉었다. 한 번도 아니고 거푸 하품을 해 대는 꼴을 보니 금시라도 잠에 빠져들 모양이었다.

앵두와 나는 조용히 행랑채를 돌아 나와 사미승에게 합장하고 정양사 쪽으로 발길을 옮겼다. 2리쯤 올라가니 정양사가 나오고 그 동쪽에 헐성루가 있었다.

헐성루!

허 의원도 금강산 일만 이천 봉은 헐성루에서 보아야 제대로 보

는 것이라 했다. 동북쪽으로 비로봉이 우뚝하고, 그 비로봉을 싸고
도는 너울처럼 중향성이 내달리고 있었다. 눈이 확 트일 뿐 아니
라 머릿속까지 상쾌해지는 경치였다. 봉우리 새새로 굽이굽이 감
도는 희푸른 산안개 덕분에 절집 또한 인간의 솜씨가 아니라 구름
위에 떠 있는 옥황의 별궁 같았다.

　시 한 수를 지었다.

　　헐성루는 한 골짜기를 다 누르고
　　산문(山門)에 들어가니 그림 같은 숲이 있네
　　온갖 경계 기이한 곳에
　　연꽃처럼 무수한 기봉들이 더욱 좋구나

　그러나 내 눈길은 이내 그 선계의 풍경을 떠나 누대를 올라오는
두 인간, 아니 멧돼지를 목말 태운 사람 나귀에게 못 박혔다. 멧돼
지는 고목 둥치 같은 허벅지로 흉터 있는 승려의 목과 어깨를 옥
죄고, 솥뚜껑 같은 양손으로 승려의 귀를 움켜잡고 있었다. 승려는
천 근 쇳덩이를 진 듯 이를 사리물고 팥죽땀을 흘리며 한 발 한 발
걸음을 떼었다.

　갑자기 풍경 따위 꼴도 보기 싫어졌다. 이 풍경이 없었다면 저
멧돼지가 승려를 저리도 잔인하게 부리며 짐승처럼 타고 다닐 일
도 없지 않았겠는가.

풍경아, 네 죄렷다, 네 탓이렷다…….

속생각이 입 밖으로 새어 나왔는지, 앵두가 이죽거렸다.

"양반님네는 남 탓도 잘하지. 이것이 다 사람 나귀 부리기 좋아하시는 양반님네 탓이지 어찌 풍경 탓이란 말이오? 풍경은 예나 지금이나 그저 있을 뿐, 입도 뻥긋한 적 없소."

나귀, 추락하다

"아뢰옵기 송구하오나 운구 대사님은 깊은 도량●에서 홀로 독경 수행만 하시고 뭇 대중을 만나지 않으신 지 십 년이 넘습니다."

상좌승이 합장하고 고하는 말에 일순 멧돼지의 낯빛이 누르락붉으락했다. 멧돼지가 무심결에 허리춤의 채찍에 손댔지만, 이내 남의눈이 너무 많다는 사실을 깨달은 듯 뒷짐을 지고 일갈했다.

"표훈사는 볼 것이 없다. 속히 만폭동을 구경한 다음 유점사로 넘어가자."

"예이, 분부 받자옵나이다."

● 부처나 보살이 도를 얻으려고 수행하는 곳.

시종과 짐꾼들이 잽싸게 움직였다. 두 남여꾼 승려가 무어라 말할 새도 없이 멧돼지가 남여에 올라탔다.

사람들이 수군거렸다.

"이 시각에 만폭동을 보고 유점사로 가려 하다니, 제정신이 아니구먼."

"쉿, 들을라."

앵두가 슬그머니 멧돼지 일행의 뒤를 밟았다. 나도 뒤따르며 물었다.

"왜? 뭐 하려고?"

"아까 그 늙은 스님 얼굴 보았소? 도중에 쓰러져 죽고 말 거요. 틈을 봐서 내가 대신 남여를 메 줘야 할 것 같소."

승려들의 낯빛은 이제 흙빛을 넘어 물이끼 색깔에 가까웠다. 금강문을 지나 흑룡담, 비파담, 벽파담, 분설담을 지나면서도 멧돼지는 남여에서 내리지 않았다. 물을 품었다 뿜어내는 암반들의 수려한 굴곡도, 흩뿌리는 눈가루 같은 물보라도, 멧돼지의 남여를 붙들어 앉히지는 못했다.

"이렇게 능장을 부려서야 해 떨어지기 전에 팔담*을 다 보고 유점사로 넘어갈 수 있겠느냐? 팔담을 단숨에 보고 백운대에도 오를

● 만폭동에 있는 여덟 곳의 이름난 늪. 흑룡담, 비파담, 벽파담, 분설담, 진주담, 거북소, 배소, 화룡담 등이 포함된다.

수 있도록 어서어서 전진하렷다!"

멧돼지가 남여에 앉은 채로 호통을 쳤다.

앵두가 분통을 터뜨리며 중얼거렸다.

"백운대라니! 미친 멧돼지 놈. 팔뚝만 한 쇠줄을 붙들고 혼자 올라도 오줌을 지릴 백운대인데, 제 놈을 목말까지 태워 어찌 오르란 말인가?"

장안사 승려도 멧돼지의 말에 기겁했던지 오금이 꺾이면서 발목을 접질렀다. 남여가 휘청 앞으로 기울며 벼랑으로 곤두박일 뻔했다. 다행히 흉터 있는 표훈사 승려가 날래게 남여를 길 안쪽으로 끌어들였다. 두 승려가 남여를 길바닥에 대자, 멧돼지가 겨우 균형을 잡고 내려섰다.

"영감마님, 소승이 그만 죽을죄를……."

장안사 승려가 미처 말을 맺지 못하고 퉁퉁한 콧방울을 벌름거리며 울음을 터뜨렸다. 멧돼지가 한 놈 패고 싶었는데 마침 잘 걸려들었다는 듯 회심의 미소를 띠고 채찍을 들었다.

우당탕탕, 덱데굴, 덱데구루루. 채찍 소리가 아니었다. 남여가 벼랑으로 떨어지는 소리였다.

나는, 보았다. 멧돼지가 채찍을 치켜들고 사람들의 시선이 채찍에 쏠린 찰나, 흉터 있는 승려가 뒷발로 남여를 벼랑 쪽으로 밀어 버리는 것을.

모두가 어안이 벙벙한 가운데, 표훈사 승려가 성큼 앞으로 나서

더니 한 손으로 멧돼지의 채찍을 감아쥐었다. 손등에도 화상 흉터가 있었다. 불거진 핏줄과 뒤엉킨 흉터가 붉은 뱀처럼 꿈틀거렸다.

"무슨 짓이냐? 네놈이 죽고 싶어 환장을 했구나!"

멧돼지의 호위가 오른손을 칼자루에 올리고는 눈알을 부라렸다.

"영감마님, 아까 헐성루에 오를 때처럼 제 목말을 타소서. 남여도 부서졌으니 달리 도리가 없지 않소이까? 어차피 이 앞은 길이 좁아 남여를 메기도 힘든 곳입니다."

승려가 피딱지로 가득한 입술을 혀로 핥고는 몸을 돌려 왼쪽 무릎을 꿇고 등판을 수그렸다. 이놈 봐라, 하는 눈빛으로 멧돼지가 채찍을 허리춤에 집어넣었다.

그 순간, 내가 어찌해 볼 틈도 없이 앵두가 달려 나갔다.

"영감마님, 소, 소인은 표훈사에서 머슴을 사는 쇠, 쇠돌이라 하옵니다."

앵두가 부러 말을 더듬고 겨드랑도 긁적이며 모자란 티를 냈다.

"우, 우리 절 남여꾼이 지금쯤이면 기운이 바닥났을 거라면서 상좌 스님이 소인을 보냈습니다요. 보, 보시다시피 소인 놈이 목통도 굵고 어깨도 튼실합지요, 헤헤. 타, 타시옵소서."

앵두도 표훈사 승려처럼 멧돼지를 등지고 왼쪽 무릎을 꿇었다. 그런데 승려가 다짜고짜 앵두의 귓불을 잡아 흔들고 머리통을 쥐어박더니 목청을 높였다.

"이 개똥 같은 자식이 어느 안전이라고 거짓말을 나불거리느냐? 영감마님, 정신이 온전치 못한 놈이외다. 어디서 굴러 왔는지도 모르는 이런 떠꺼머리 칠푼이를 믿고 옥체를 맡기시렵니까?"

승려가 앵두의 엉덩이를 걷어찼다.

"네 이놈, 썩 꺼져라! 그리고 장안사 스님, 자네도 얼른 돌아가게나."

앵두와 장안사 승려가 엉거주춤하는 사이, 표훈사 승려가 멧돼지를 목말 태우고 일어섰다. 피딱지 앉은 입술을 윗니로 어찌나 세게 깨물었는지 장삼 앞섶으로 검붉은 핏방울이 뚝뚝 떨어졌다. 멧돼지의 수하들조차 기가 질린 듯했다.

멧돼지 일행이 모퉁이를 돌아 사라지자, 병히 서 있던 장안사 승려가 장삼 소매로 얼굴을 두어 번 문지르고는 접질린 발을 질질 끌며 왔던 길을 돌아 걸어갔다.

그제야 나는 앵두에게 다가가 옆구리를 툭 쳤다.

"아까 그 스님, 널 때리면서 입속말로 무언가 말씀하시던데? 무슨 말을 했어?"

앵두가 망연히 입술을 달싹거리다 대답했다.

"네가 대신해 줄 수 있는 길이 아니다……."

대신해 줄 수 없는 길?

불현듯 변솟길과 저승길이 생각났다. 심장이 콩닥거렸다. 불안했다. 내 불안이 전염되었는지 앵두도 멧돼지 일행이 사라진 쪽을 향해 눈을 번득였다.

"도령은 여기서 기다리시오."

앵두가 시킨 대로 수굿이 기다릴 내가 아니다. 달음박질치는 앵두를 따라 나도 뛰었다. 멧돼지 일행이 우리 발소리를 들을까 두려웠지만, 만폭동은 폭포의 골짜기라 웬만한 소리는 산을 무너뜨리고 바위를 쪼갤 듯한 웅장한 물소리에 다 묻혔다.

무쇠 빛깔의 검푸른 화룡담이 시야에 들어올 무렵, 멧돼지 일행도 눈에 띄었다.

그 순간.

불을 뿜는 용 그림자 같은 것이 못물 위로 꿈틀했다. 뒤이어 몹시 이상한 소음이 귀청을 찢었다. 물소리도 새소리도 아니었다. 그것은 사람 둘이, 그러니까 멧돼지 양반과 스님 나귀가 한 몸이 되어 폭포수처럼 벼랑 아래로 떨어지며 바위너설에 퉁퉁 부딪는 소리였다. 멧돼지의 시종과 호위와 짐꾼들이 비명을 지르고 발을 구르며 우왕좌왕했다.

앵두는 발을 멈췄지만 나는 계속 달렸다. 무슨 일이 벌어졌는지 내 눈으로 확인하고 싶었다. 하지만 앵두가 내 손목을 잡아채고는 뒤돌아 달렸다.

"왜 이래?"

내가 손목을 비틀어 빼자 앵두가 눈꼬리를 올렸다.

"지금 저놈들 눈에 띄면 맞아 죽소! 스님의 고의냐 실수냐 긴가민가할 텐데, 때맞춰 우리가 나타나면 스님이 일부러 떨어진 것으로 결론이 나지 않겠소? 우리도 죽거나 병신이 될 테고 표훈사도 해코지를 당할 거요."

앵두 말이 맞았다.

"양반 놈이야 죽어도 싸다지만, 스님은 어찌 그리 모진 마음을 잡쉈을꼬."

앵두의 검실검실한 눈시울이 바르르 떨렸다.

"저 스님이 멧돼지를 데려가지 않았으면, 금강산 승려 두셋은 더 황천길로 갔을 거요. 아까 장안사 스님만 해도 그 꼴로 남여를 더 멨다고 생각해 보오."

"하긴 그때 채찍 얻어맞은 데다 접질린 발로 남여를 멨다가는 결국 낭떠러지로 미끄러져 죽거나……."

"또 삐끗했다가 멧돼지 놈 채찍에 죽거나."

고개를 빼고 살펴보니, 바위에 부딪쳐 피투성이가 된 멧돼지와 스님의 몸뚱이가 화룡담 물 위로 떠올랐다 가라앉았다 하고 있었다. 소매를 걷어붙인 짐꾼들이 허리에 밧줄을 동여매고 폭포 아래로 내려갈 준비를 했다. 주검을 건져 올리려는 모양이었다.

"저 떨거지들, 표훈사로 돌아오겠지?"

앵두가 뒤돌아서 빠른 걸음으로 걷기 시작했다.

"표훈사도 그리 만만한 절은 아니오."

세속의 일이 슬프구려

일이 심상치 않다고 생각했는지 표훈사 상좌승이 앵두와 나를 운구 대사에게로 안내했다. 운구 대사는 체구가 앵두의 절반에도 미치지 못했지만, 눈정기와 살빛에 세속을 넘어선 내공이 가득했다.

"세속의 일이 슬프구려."

앵두가 일의 전말을 보고하자 운구 대사는 그 한마디만 하고 우리에게는 나가라는 손짓을, 보좌승더러는 가까이 오라는 눈짓을 했다.

힘없이 행랑채로 돌아갔다. 운영은 언제 누워 있었느냐는 듯 해끔한 모습으로 가부좌를 틀고 있었다.

"무슨 일이 있었구나. 냄새가 나."

"무슨 냄새가 나는데?"

내가 물었다.

"마음이 크게 요동친 사람들 냄새."

그렇구나, 앵두와 나의 마음 상태가 그러하구나.

내가 운영에게 그 '무슨 일'의 자초지종을 설명했다. 이야기를 다 들은 운영이 뜬금없이 눈물을 흘렸다. 운영이 무언가 말하려고 입을 떼려는 찰나 방문이 열렸다. 그사이 낯을 익힌 찹쌀 반대기 사미승이었다.

"대사님께서 보덕암에 몸을 숨기고 기다리라십니다. 저들의 눈에 작은 의심의 빌미라도 제공할 시에는 일이 어려워질 수 있습니다. 어두워지기 전에 빨리 움직입시다."

사미승의 말이 떨어지기 무섭게 앵두가 운영을 업었다. 나도 두말없이 일어섰다.

저녁밥을 짊어진 사미승이 앞장섰다. 하늘빛은 분홍색에서 치자색으로 바뀌고 있었다. 폭포수 소리가 점점 커졌다.

아, 어떻게 이런 곳에 암자를 지었을까.

보덕암은 분설담 오른쪽, 깎아지른 절벽 위에 마치 새 둥지처럼 당그라니 걸려 있었다. 누각 아래로 구리 기둥을 받쳐 놓았지만, 허공에 떠 있는 듯 위태위태해 보였다.

사미승이 제 살빛처럼 회디흰 분설담 물보라를 곁눈질하며 말했다.

"만폭 팔담 중에서도 화룡담이 제일 깊은 못이라, 참판 댁 하인들이 애쓴다 해도 시신을 건지기 수월치 않을 겁니다. 곧 사람을 보내 도움을 요청할 테지요."

한꺼번에 여러 사람이 들어서자 암자가 흔들거렸다. 불안감에 몸이 절로 주춤했다.

"관음보살님께서 돌봐 주시는 곳이니 염려하지 마십시오."

법당에는 옥으로 조형한 불상, 오금●으로 만든 항아리 크기의 향로가 하나씩 있었다. 척 봐도 범상치 않았다. 내가 그 오금 향로를 유심히 살펴보자 사미승이 일렀다.

"정명 공주께옵서 시주하신 물건입니다. 장정 두 사람이 들 수 없을 정도로 무겁지요."

"정명 공주라면 돌아가신 혜경궁 마마의 본댁 할머님이 아니십니까?"

사미승이 방석을 깔아 주며 대답했다.

"그렇지요. 불심이 지극한 귀인이셨는데, 특히나 이 보덕암 관음보살이 영험하다 믿으시고 시주를 많이 하셨답니다."

앵두가 운영을 방석 위에 내려 주었다. 사미승은 저녁밥을 챙겨 주고 내려갔다.

● 구리에 소량의 금을 섞은 합금. 검붉은 빛을 띠며 장식용으로 쓴다.

희붐한 어둑새벽, 운구 대사가 홀로 왕림했을 때 우리는 모두 잠들어 있었다. 역시나 예민한 운영이 제일 먼저 대사의 기척을 눈치채고 우리를 불러 깨웠다.

"대사님 오셨어. 얼른 일어나."

인연의 그물

동녘 하늘에 아침노을이 발갛게 졌을 때, 어제 본 상좌승이 운구 대사를 찾아 올라왔다.

"동이 트자마자 발 빠른 하인에게 서신을 들려 참판 댁으로 보냈습니다. 이제 참판 영감의 주검도 예우를 다하여 운구할 것입니다. 운산은, 채비를 하여 내일 날이 밝는 대로 다비* 하려 합니다. 달리 내리실 명이 있으신지요?"

이때 처음으로 돌아가신 스님의 법명을 들었다.

"운산의 한생이 참으로 가엾구나. 피붙이를 코앞에 두고도 모른

● 시체를 화장하는 일. 육신을 원래 이루어진 곳으로 돌려보낸다는 의미가 있다.

채 기어코 업을 치르고 말았으니, 현생은 끝마쳤다 해도 후생은 또 어찌할 것인가. 사십구재[●]까지 정성껏 올려 명복을 빌어 주어라."

"예."

합장하는 상좌승을 뒤로하고 운구 대사가 보덕암을 나섰다. 상좌승은 우리에게 한양 사람들이 모두 떠날 때까지 이곳에서 꼼짝도 하지 말라고 신신당부했다.

햇덩이가 온전히 모습을 드러내자 사미승이 아침밥을 가져다주었다. 그러나 앵두와 나는 슬피 우는 운영을 달래느라 밥을 먹지 못했다.

"어제 낮에 자다가 꿈을 꿨거든. 얼굴이 울긋불긋한 스님 한 분이 흠뻑 젖은 채로 나를 찾아와선 자꾸만 내 얼굴을 만지려는 거야. 나는 차갑고 축축한 느낌이 싫어서 도리질을 해 댔지. 어제 앵앵이가 행랑채에서 그 사건을 얘기했을 때 나는 꿈에서 본 그 스님이 돌아가셨구나, 대번에 알아챘어……. 하지만 그분이 내 아버지일 줄이야. 꿈속에서도 마음이 몹시 아프고 눈물이 저절로 흘러서 이상하다 싶었어……."

우리가 모르는 것은 얼마나 많으며, 아는 것은 얼마나 적던가. 나도 돌아가신 운산 스님이 운영의 아버지일 거라고는, 그리고 운영의 어머니가 허 의원의 막냇누이일 거라고는 꿈에서도 생각지

● 사람이 죽은 지 49일 되는 날에 지내는 재.

못했다.

　운영에게서 송 영감 얘기를, 나에게서 허 의원 얘기를 들은 운구 대사가 우리를 둘러싼 오묘한 인연의 그물을 펼쳐 보였다.

　지금으로부터 십오 년 전, 상주 관아의 노비였던 운영의 아버지는 남몰래 정분을 나눈 청상과부 허 부인을 데리고 밤도망을 쳤더 랬다. 앞길이 막막한 와중에 허 부인이 오라버니의 스승 운구 대사를 만나 도움을 구하자고 했다. 종종머리 땋아 도투락댕기 물렸던 어린 시절, 허 부인은 하늘같이 우러르던 맏오라버니한테서 금강산과 운구 대사 이야기를 물리도록 들었다. 그토록 높고 넓고 따스하다는 운구 대사라면 세상이 용납하지 않는 두 사람을 숨겨 주리라 믿었다. 하지만 당시 허 부인은 이미 배 속에 운영을 품고 있었던지라 거칠고 험한 도망길을 견뎌 내지 못했다. 남화굴에서 운영을 낳은 허 부인은 그 자리에서 유명을 달리했다.

　운영의 아버지는 선택의 기로에 놓였다. 상주 관아에서 보낸 추노꾼의 발길은 이미 단양 인근까지 이르러 있었다. 칠삭둥이로 태어난 운영은 곧바로 유모를 구해 극진히 보살펴야 하는 연약한 목숨이었다. 운영의 아버지는 사내 혼자 무작정 갓난쟁이를 데리고 도망길에 나설 수도 없고, 친자식을 동굴 바닥에 내팽개칠 수도 없었다.

　허 부인의 주검을 불에 태우며 운영의 아버지는 스스로 얼굴과 몸에 화상을 입혔다. 그러고는 죽마고우인 송 영감을 찾아가 아이를 맡기고 홀연 행적을 감추었다. 그는 추노꾼을 헷갈리게 하려고 부러 압록강까지 올라갔다가 돌고 돌아 금강산으로 들어가서는 표훈사에서 오래도록 머슴을 살았다.

운영의 아버지는 오 년 전에 사미계를 받고 일 년 전에 비구계를 받았지만,[*] 고집을 부리며 험한 일을 도맡았다. 법명은 운산(雲山), '구름이 낀 산'이라는 뜻인데, 스스로 구태여 '구름 그림자가 머무는 산'이라 풀이했다. 그러니까 몸은 비록 떨어져 있어도 마음만은 늘 구름 그림자, 즉 운영(雲影)을 품고 있었던 것이다.

운영에게 왜 금강산으로 오라 했는지는 밝혀졌지만, 호리병을 찾으라고 한 이유는 오롯이 의문으로 남았다. 나는 한양 사람들이 떠나고 나면 운산 스님이 거처하던 요사채에 가서 단서를 구해 봐야겠다고 생각했다.

온종일 보덕암 주변만 맴돌며 분설담을 내려다보다, 하늘을 올려다보다, 원주 식구들을 그려 보다, 하면서 시 한 수를 썼다.

찾아든 곳곳마다 경치 더욱 좋은데
지는 꽃 꽃다운 풀 세속의 일이 슬프구려
봄볕 속 푸른 숲 그림 같은데
한없이 쏟아지는 샘물 소리 계곡에 넘치네

● 사미계와 비구계는 불교의 승려들이 지켜야 하는 계율들이다.

달 밝은 보름밤 독경 소리

고향 바라보며 속세의 인연 끊지 못함을,

깊은 산 해 지니 나래 치는 용

이는 다 어젯밤 꿈속의 사람일세

봉래풍악 원화동천

"요사채는 외인이 함부로 출입할 수 없는 곳이오."

기골이 단단하고 눈빛이 매서운 젊은 승려가 앵두와 나를 가로막았다. 다비식 준비로 다들 바쁘게 돌아치는 새벽에 도둑놈처럼 돌아가신 스님의 요사채에 숨어든 소년들이니, 의심스러운 게 당연할 터였다.

앵두가 슬며시 내 허리를 찔렀다. 내가 저보다는 말주변이 좋고 인상이 참하니 어떻게든 변명해 보라는 뜻이렷다. 헛기침을 두어 번 하곤 입을 열었다.

"저, 스님. 곧 운산 스님 다비식이 있지요? 실은 저희가 운산 스님의 유일무이한 피붙이를 데리고 있습니다. 한데 그 아이가 지금

충격이 큰 데다 천생 눈이 안 보이는지라 스스로 아버지의 유품을 챙길 수 없어서 저희가 대신 나선 바입니다. 다비식에서 운산 스님의 유품까지 모두 태울 수도 있기에…… 미리 허락을 구하지 않고 온 것은 저희 불찰이 분명합니다. 운구 대사님께서 전후 사정을 잘 아시온데……."

승려가 말허리를 잘랐다.

"그렇다면 대사님께 품하고 허락을 맡아 오시오."

"하지만 대사님은 저녁 예불 때에나 뵐 수 있지 않습니까?"

"그렇소."

그렇소? 그렇소라니?

신경질이 났다. 승려의 아랫입술이 살짝 아래로 처지는 품이 우리를 비웃는 것 같기도 했다.

"그렇다면 다비식 전에 대사님께 허락을 맡을 수 없지 않습니까. 참, 상좌 스님이 계시던데요. 그분께 말씀드려 보겠습니다. 어디 계시지요?"

"오늘 같은 날 한자리에 가만 앉아 계실 분이 아니오. 알아서들 찾아보구려."

승려를 쏘아보던 앵두가 대들었다.

"대사님은 본인이 계를 내린 운산 스님의 다비식도 참관하지 않습니까? 불경 웅얼거리는 게 무어 그리 대단하다고."

젊은 승려가 어디서 굴러 온 개뼈다귀가 개소리를 내느냐는 눈빛으로 입술을 앙다물고 주먹을 불끈 쥐었다. 무조건 잘못했다고 빌지 않으면 반죽음이 되도록 두들겨 맞을 것 같았다. 앵두의 기세도 만만치 않았다. 부르쥔 주먹이 어느새 허리춤까지 올라와 있었다.

그때였다. 귀에 익은 찹쌀 반대기 사미승의 목소리가 들렸다.

"운산 스님은 유품이랄 만한 것을 남기지 않으셨습니다."

사미승이 사뿐사뿐 다가왔다.

"한양 사람들이 수색할까 봐 제가 먼저 스님 방을 치웠는데, 걸레쪽 같은 가사와 해진 장삼 여벌밖에 없었지요. 상좌 스님께서 명하신 대로 다비식에서 태울 것입니다."

운영의 딱한 사정을 아는 사미승한테나마 조금 더 매달려 보고 싶었다.

"저희가 그 가사와 장삼을 한번 볼 수 있을까요?"

사미승은 대답을 하지 않고 지대 아래 주저앉아, 땅바닥에 저 홀로 고개를 내민 작은 풀싹을 물끄러미 내려다보았다.

"이 풀을 보시지요. 어제 아침까지는 보이지 않던 목숨입니다. 이 좁디좁은 이파리에 이슬까지 맺혀 있습니다그려. 비록 작은 이슬이나, 맑고 둥글기는 파초 잎에 맺힌 것과 다름없지요. 하나 조금 있으면 이 이슬은 사라질 겁니다. 이 풀 또한 담벼락 밑이 아니라 지대 아래 났으니 오늘을 넘기지 못하고 오가는 스님들의 발에 밟혀 죽겠지요."

사미승이 앵두를 올려다보았다.

"죽음은 목숨붙이의 일상다반사입니다. 운구 대사님께서는 모든 목숨을 연민하시지만 다비식 또한 그저 다반사일 뿐, 당신께서는 스스로 이루고자 하시는 수행을 계속하시는 겁니다. 불경을 웅얼거리는 게 대단히 중요해서가 아닙니다. 다만 수행의 한 방도로 독경을 택하신 것이지요."

사미승이 또 나에게 눈길을 주었다.

"운산 스님의 흔적을 구하려거든 차라리 청학봉으로 가 보십시오. 스님께서는 험한 일을 끝내고 더러 한갓질 때면 반드시 그곳에 가셔서 구름 그림자에 심신을 누인다 하셨습니다."

사미승의 눈빛과 목소리는 반듯하고도 진솔했다.

나는 두 승려에게 번갈아 합장을 올리고 서둘러 요사채를 빠져나와 남쪽으로 향했다. 앵두는 입을 열 자나 빼물었지만 하릴없이 나를 따랐다.

두 바위가 마주 선 금강문을 지나 청학봉으로 갔다. 청학봉은 술병 같기도 하고 용의 머리 같기도 했다. 뾰죽뾰죽 치솟다가도 난데없이 펑퍼짐해지는 바위 가운데 석불처럼 생긴 돌도 있고 수건을 쓴 듯한 돌도 있었다.

"청학봉? 이름값을 못하는군. 이런 데 무슨 학이 살겠소? 까마귀가 똥 싸질러 놓은 자리 같구먼."

앵두가 애꿎은 산천에 이죽거렸다. 여전히 심사가 뒤틀려 있었다. 나로 말하자면, 앵두와 달리 사미승이 말한 '일상다반사'에 마음이 좀 고요해져 있었다.

"여기도 전해 오는 이야기가 있어. 옛날에 신비로운 푸른빛 학두 마리가 이곳에 깃들여 살았대. 암컷이 새끼까지 뱄나 봐. 그런데 양봉래가 만폭동에 쓴 으뜸 원(元), 될 화(化), 두 글자가 이 봉우리의 기운을 모두 빼앗아 갔다는 거야. 학은 영험한 짐승이라 기운 없는 곳에다가는 새끼를 치기 싫었는지 그길로 날아가서 다시 돌아오지 않았대."

앵두가 콧방귀를 뀌었다.

"그놈의 글자! 그놈의 글자가 어디서나 화근일세. 아무 돌에나 붓을 휘갈기곤 종놈에게 끌과 정으로 새기게 하는 양반 놈이나 사람이 죽든 말든 불경이나 외워 대는 늙은 중놈이나."

세 돌 지나고부터 밥보다 시문을 숭상해 온 나로서는 앵두의 비아냥이 귀에 거슬렸다.

"그리 깎아내릴 일만은 아니야. 대사님 독경에도 무언가 우리가 알지 못하는 의미가 있을 테지만, 양봉래의 글씨도 그래. '봉래풍악 원화동천' 여덟 글자를 썼더니 그 필력에 만폭동이 사흘간 쩡쩡 울었다잖아. 만폭동 풍경값이 천 냥이라면 그중 오백 냥은 양봉래 글씻값이라는 얘기도 있어."

"그건 입만 살아 있는 양반님네하고 그 떨거지들이나 찧고 까부는 얘기지."

졸지에 입만 산 양반님네 떨거지가 돼 버린 나는 화가 났지만, 여덟 글자 바위에서 조금 더 올라가면 '천하제일명산' 여섯 글자도 있다는 얘기는 눌러 삼켰다. 앵두가 말을 이었다.

"만폭동이 진짜로 울었다 한들, 그 잘난 필력 때문에 울었겠소? 나는 말이오, 제 이마에 새겨진 흉터가 아프고 속상해서 울었을 것 같소. 그래, 그 봉랜지 뭔지 하는 작자는 스님 나귀를 타지 않고 제 두 발로 걸어 다녔답니까? 종놈들한테 떠맡기지 않고 제 어깨로 짐 보따리를 졌답니까?"

할 말이 없었다. 아마도 몇 가지 일을 보고 겪으면서 내 줏대가 약해졌거나 꺾인 모양이었다.

청학봉에도 볕이 내리쬐었고 구름 그림자가 드리웠다. 앵두가 별다를 것 없는 그림자 안으로 몸을 들이밀고는 눈을 감았다.

나는 어쨌거나 양봉래의 초서를 직접 보고 싶었다. 앵두를 흘낏 본 후, 나 홀로 장안사 서북쪽 '봉래풍악 원화동천'이 새겨진 바위를 찾아갔다.

과연!

관음담 근처에 수백 명도 넉넉히 앉을 만한 너럭바위가 있었다. 봉래 양사언의 글씨는 똬리를 튼 용처럼 장려해서 금시라도 꿈틀거릴 듯 힘과 기운이 넘쳤다.

뜬금없이 눈물이 흘렀다. 봉래의 글씨만이 아니라 그 글씨에 바쳐졌을 수많은 사람의 피멍, 상처, 울음, 가슴앓이, 땀방울이 내 명치를 건드렸다. 비단 아랫것들과 승려들만이 아니다. 봉래의 어머니 안변 소실은 또 어떠한가. 세상을 떠나 영혼이 되어서도 감히 햇볕 아래서가 아닌 저 관음담 너머 벼랑의 그림자 속에 숨어 아드님 글씨를 훔쳐보겠지. 첩이란, 손가락질받지 않고 욕먹지 않는 첩이란, 끝없이 자신을 죽여야만 살 수 있는 존재니까. 죽어서도 자신을 드러내면 안 되니까.

안변 소실은 열여섯에 늙은 양희수의 첩이 되어 두 아들 사언과 사기를 낳았다. 양희수가 죽자, 안변 소실은 적장자 양사준을 독대하고는 자신의 두 아들을 차별하지 말라 눈물로 유언하고 그 자리에서 자결했다. 서모를 가엾게 여긴 사준이 두 이복아우를 친동기처럼 거두어 족보에 올린 덕분에 사언과 사기 형제는 번듯한 선비로 벼슬살이도 하고 문필로써 이름을 드날릴 수 있었다.

아마도 이 조선 땅에는, 자식에게서 서출의 굴레를 벗겨 낼 수만 있다면 생목숨까지도 주저 없이 끊을 어미가 줄을 설 테다. 하나 그것도 양인 첩이나 가능하지 기생첩과 종첩한테는 언감생심이다. 나나 앵두의 어머니는 기껏 자결한들 쯧쯧 혀 차는 소리밖에 듣지 못할 것이다.

앵두는…… 어찌 생각하면 저리 천둥벌거숭이로 천지간을 유랑하는 것이 개중 나은 선택인 듯도 하다. 나는…… 모르겠다. 아직은, 모르겠다.

다만 한 가지 알겠는 건, 봉래가 아무리 천하 명필일지라도 만폭동은 고스란히 천연 그대로 놓아두었어야 했다는 사실이다. 앵두 말이 맞다. 그 말이 가슴을 울렸다. 만폭동이 진짜로 울었다 한들, 그 잘난 필력 때문에 울었겠소? 나는 말이오, 제 이마에 새겨진 흉터가 아프고 속상해서 울었을 것 같소.

"그리 좋소, 저 글씨가? 눈물을 줄줄 흘릴 만큼?"

놀라서 뒤돌아보니, 언제 왔는지 앵두가 서 있었다. 비아냥스레 한쪽 입아귀를 씰룩거리며.

허 부인의 옥함

"그래, 좋다, 좋아. 네놈 눈은 어찌 된 게 좋은 걸 좋은 대로 보지
못하고 꼬아서만 보느냐?"

마음과 달리 말이 비뚜로 나왔다.

"날 때부터 꼬인 놈이니 당연하지 않겠소. 그나저나 청학봉에서
이런 걸 찾았는데……."

앵두가 손에 든 것은 옻칠한 호리병이었다. 앵두가 호리병을 거
꾸로 세워 제 손바닥에 탁탁 털었다.

"눈먼 실뱀이 들어갔다 종내 출구를 못 찾고 죽었던지, 이런 게
있습디다."

앵두의 손바닥이 내 코앞으로 쑥 다가왔다. 나도 모르게 고개를

뒤로 뺐다. 짙은 곰팡내와 고린내에 눈살이 절로 찌푸려졌다.

"배배 꼬인 꼬락서니가 네놈 배 속 같구나."

앵두가 콧방귀를 뀌었다.

"그러는 도령 배 속은 일자로 쭉 뻗었소? 사람 창자란 본디 꼬인 것이오."

할 말이 없었다. 이번에도 앵두 말이 맞다. 어쩌면 내 배 속은 앵두와 반대로 꼬였는지 모른다. 앵두처럼 양반을 혐오하는 쪽이 아니라, 음풍농월하는˙ 양반 흉내를 내기 위해 발버둥 치는 쪽으로. 죽어라 혐오해도 양반을 이기지 못하듯, 죽어라 발버둥 쳐도 양반이 될 수는 없거늘.

"이것 말고는 없더냐?"

앵두가 머뭇거렸다.

"실은 그 호리병도 못 찾을 것을 겨우 찾은 거라……. 눈에 띄는 자리에는 아무것도 없었소. 에라, 모르겠다 싶어서 운산 스님처럼 드러누워 보았더니 바위틈 가장 어두운 데 뭔가 끼워져 있지 않겠소? 처음에는 운영이처럼 눈 뜨고도 못 보았소. 눈이 어둠에 아주 익어서야 호리병인 게 보입디다."

운산 스님이 이 곰팡내 가득한 호리병만 남겼으리라고는 생각되지 않았다.

˙ 맑은 바람과 밝은 달을 대상으로 시를 짓고 흥취를 자아내어 즐겁게 노는.

"아무려면 보란 듯이 남의눈에 띄는 곳에다 숨겼을까? 가 보자. 그분이 누우셨다는 자리를 중심으로 땅이라도 파 보아야 하지 않겠니? 호리병 말고도 무언가 있을지 모르잖아."

앵두가 두말없이 앞장섰다.

앵두의 손이 아무리 솥뚜껑 같다 한들 맨손으로 단단한 땅을 파기란 쉽지 않았다. 결국 손 놓고 구경하던 내가 표훈사로 내려가 행랑채 뒤꼍에서 삽을 빼내 왔다. 다행히 아무에게도 들키지 않았다. 다들 다비식에 참례한 것이리라. 절 뒷마당에서 희뿌연 연기가 피어올랐고 장대한 독경 소리가 울려 퍼졌다. 운산 스님의 뼈와 살이 저기서 타고 있다 생각하니 등줄기가 으슬으슬했다.

앵두도 망연히 서서 그 연기를 바라보고 있다가 내가 주는 삽을 받아 들었다.

삽질을 채 다섯 번이나 했을까. 앵두가 삽을 내려놓고 맨손으로 흙을 파헤쳤다. 나도 앵두 옆에 쭈그리고 앉아 팔을 걷어붙였지만, 도와줄 필요가 없었다. 곧바로 앵두가 흙투성이 상자 하나를 집어 올렸기 때문이다. 앵두가 나를 바라보았다. 어찌할까, 묻는 눈빛이었다.

하아.

나는 조그맣게 한숨을 쉬며 고개를 끄덕였다. 물색없기도 하지. 아니, 왜 하필 그 순간에, 내 눈을 빤히 바라보는, 검실검실한 속눈썹에 그늘진 앵두의 눈동자가 쏙 빨려 들고 싶게끔 곱다는 생각을 했을까……. 겨우 입을 뗴었다.

"열어 보자."

상자를 겹겹이 싸고 묶은 기름종이와 삼실은 오랫동안 땅속에서 삭은 탓에 앵두의 성급한 손놀림을 견디지 못하고 금세 떨어져 나갔다. 앵두가 옷소매로 상자를 두루 닦았다. 곧 팔담의 물빛을 닮은 짙은 옥색이 눈을 찔렀다. 앵두도 나도 눈을 끔벅거리며 옥함을 내려다보았다.

"패물함이군. 허 부인이 도망길에 챙겼던 물건이겠지?"

앵두가 함 뚜껑을 열었다. 입이 떡 벌어졌다. 빛이 바래긴 했으나 금비녀, 은비녀, 금반지, 은반지, 산호 뒤꽂이,• 호박 단추, 옥구슬 등속이 가득 들어 있었다.

앵두가 윗입술을 달싹거리기에 내가 선수 쳤다.

"운영이한테 가져다주어야 해."

이번에는 앵두가 한숨을 쉬며 고개를 끄덕였다.

• 쪽을 찐 머리 뒤에 덧꽂는 비녀 이외의 장식품.

비적패 무릉당

저게 누구야?

앵두와 나는 동시에 걸음을 멈췄다. 말문이 막혔다.

운영은 보덕암 옥불상처럼 오도카니 가부좌를 틀고 있었다. 파랗게 밀어 버린 머리가 모난 데 하나 없이 둥글었다.

침묵을 깨고 운영이 입을 뗐다.

"흙내, 돌내, 쇳내가 진동하는군."

"응, 그게 말이지……."

내가 말을 고르고 있는데, 앵두가 씹어뱉듯 말했다.

"제기랄, 망둥이가 뛰면 꼴뚜기도 뛴다더니. 그래, 머리 깎고 부처한테 절하고 염불 외우면 이 망할 놈의 세상이 손톱만큼이라도 바뀐다던?"

앵두가 씩씩거리다 제 분에 못 이겨 밖으로 뛰쳐나갔다.

나 또한 운영이 갑자기 머리를 깎았다는 사실이 놀랍고 당황스러웠다. 하지만 운영의 선택이 이해되지 않는 것은 아니었다. 어쩌면 최선의 선택일 수도 있다. 비유컨대 눈비에 젖은 작은 새 같은 운영이 이제야 크고 높은 고목 같은 운구 대사의 품에서 깃들일 자리를 구했다고 볼 수도 있다.

운영이 티 없이 맑은 두 눈을 깜박거렸다.

"오는 길에 복숭아꽃 그림을 보았을 거야."

웬 복숭아꽃이냐는 생각은 잠시, 돌아오던 길에 산문 앞에서 앵두가 뜬금없이 멈칫하던 모습이 떠올랐다. 나는 저고리로 싸안은 옥함에 정신이 팔려 있었지만, 눈결에 언뜻 분홍빛을 본 듯도 했다.

"나도 봤는지 못 봤는지 긴가민가한 판인데 운영이 네가 어떻게 그걸 알아?"

"복사꽃 손수건은 비적패 무릉당의 표지야. 패거리가 왔으니 즉시 산신각으로 오라는 전갈도 뜻하지."

나는 무슨 말이야, 물으려다 말고 혀를 깨물었다. 섬광처럼 스치는 생각! 그러니까 앵두 또한 비적이라는 말인가? 분에 못 이겨 뛰쳐나간 게 아닌가? 뒷골이 쑤셨다.

내 생각을 읽은 운영이 말했다.

"그래, 맞아. 앵두는 비적이야. 무릉당의 비적. 그 패거리의 두령이란 자는 원한이 사무친 얼자야. 단양 사인암에도 온 적이 있어. 머리 좋고 인물도 훤하다더군. 하지만 나는 그자가 뿜어 대는 살기에 얼어 죽을 것 같았지."

"얼자라면 그 어미가 종이래, 기생이래?"

"천하절색 기생이었는데, 본처의 질투가 심해서 인두로 고문을 당하고 심하게 얻어맞은 끝에 골병들어 죽었대."

만약 우리 어머니가 그런 일을 당한다면? 상상만으로도 몸서리가 쳐졌다.

그 두령이란 자도 가슴속에 멧돼지를 길렀겠구나. 멧돼지도 예사 멧돼지가 아니겠어. 쇳덩이도 꿰뚫을 만치 크고 날카로운 엄니를 가졌을걸. 어쩌면 독액이 줄줄 흐를지도.

"원한이 사무칠 만하네."

"사무친 게 많다고 누구나 그런 살기를 뿜지는 않아. 송 영감도 사무친 원한으로는 두령보다 더하지만, 나를 살리고 앵두를 살리면서 그 응어리를 풀었는걸."

"송 영감이 앵두도 살렸어?"

"앵두는 사인암에 처음 왔을 때 열 살이었어. 아비 눈앞에 얼쩡거리다간 제 어미처럼 맞아 죽겠다 싶어 도망친 열 살짜리 어린애. 그런 꼬맹이가 뭘 해 먹고 살겠니? 허기져서 반쯤 죽은 걸 송 영감이 거뒀지."

"송 영감도 무릉당이야?"

"양반 세상을 뒤집겠다는 데에야 혹하지 않겠니? 송 영감도 날 때부터 애꾸는 아니었거든. 합죽이*도 아니었고. 겉보매로야 상노인 취급을 받지만 마흔을 조금 넘긴 분이야. 양반들한테 끔찍한 짓을 당해 그렇게 됐지."

마흔 남짓이라면 어머니보다 너더댓 살 젊은 축이다. 하지만 송 영감은 어머니는 고사하고 칠순 넘은 아버지에 비해서도 늙어 보였다. 멀어져 가는 우리를 향해 "그마 나마!" 하고 외치던 송 영감의 모습이 어제 본 듯 선연히 떠올랐다.

원주 집에서 적서 차별이야 할지언정 품행이 점잖고 인덕을 앞세우는 양반들만 보아 온 나로서는 충격이 적지 않았다.

"놀랄 거 없어."

운영이 목소리를 낮췄다.

"놀랄 일은 따로 있으니까……. 앵두는 처음부터 네가 각시도령인 걸 알고 있었어."

뭐라고?

머릿속이 텅 비는 듯했다. 그럼 애초에 내 가마꾼이 된 것부터 계획적이었다는 말인가.

"내 어머니가 기생첩이라는 사실도 알아?"

이번에는 되레 운영이 경악했다.

● 이가 빠져서 입과 볼이 움푹 들어간 사람.

마음에 눈이 달린 듯 남의 속은 잘 읽어 내더니 내 신분은 끝내 못 읽었구나. 앵두도 마찬가지고. 마음으로도 못 보고 눈으로도 못 보는 이 신분이란 것은 대체 무엇이지?

내가 코웃음을 쳤다.

"계집아이가 일곱 살이 넘으면 중문● 밖 출입도 허락하지 않는 게 양반가의 법도야. 어떤 양반집에서 적녀를 바깥세상으로 내돌리겠니?"

"어쨌든 앵두는 네가 양반집 규수라고 철석같이 믿고 있어. 무릉당 두령 놈이 반드시 양반이랑 혼례를 치러야겠다면서 규수를 구해 오라 시켰다나 봐."

어이가 없었다. 입술을 깨문 채로 하아, 하아, 숨을 몰아쉬다 물었다.

"그래서 앵두가 시방 나를 두령 놈 각시로 데려간다? 산채는 어디 있는데?"

"통천에 있다는 말만 들었어."

"그럼 통천으로 바로 가면 되지 금강산에는 왜 왔어? 운영이 너 때문에? 송 영감 부탁으로?"

"그런 연유도 있겠지만 이곳이 중간 접선지겠지."

문득 운영이 검지를 입술에 갖다 대었다. 쉿!

● 대문 안에 또 세운 문.

"앵두 목소리가 들려. 산신각에 사람이 많아 이곳 해우소 뒤편으로 내려온 모양이야."

오 리 안의 기척은 어김없이 잡아내는 운영의 귀에 감탄하지 않을 수 없었다.

해우소 뒤편이라…….

나는 그때껏 품고 있던 옥함을 내려놓았다.

"이거 말이야, 네 어머님이 남긴 패물 같아. 운산 스님이 종종 누워서 쉬셨다는 청학봉 땅속에서 나왔어. 생부모의 유품이니 하나뿐인 혈육인 네가 가지는 게 옳다고 생각해."

운영이 눈물을 흘리는 대신 미소를 지었다.

"세속의 연을 다 끊으려는 마당인데 혈육을 말해 무엇에 쓰며, 더군다나 수행자에게 패물이 무슨 소용일까? 일체 부처님 전에 공양할 테니, 그 전에 혹시 앵앵이 네 마음에 드는 것이 있으면 골라 가져."

어느새 운영은 말투조차 표훈사 스님들을 닮아 있었다.

이대로 금강산을 떠나면 언제 다시 운영을 볼까. 나는 세속의 사람이라 운영을 추억할 만한 물건 하나쯤은 가지고 싶었다.

"옥구슬 하나 가져갈게. 그 대신 이 호리병은 너가 가져. 약물이 많이 남았으니 급할 때 써."

나는 청학봉에서 찾은 곰팡내 나는 호리병 대신, 허 의원한테서 받은 내 호리병을 운영의 손에 쥐여 주었다. 옥구슬을 주머니에 넣고 방문을 여는데, 운영의 목소리가 뒤꼭지에 달라붙었다.

"앵앵아, 오늘 저녁이라도 운구 대사님께 말씀 올리고 적당한 곳에 은신해!"

양반이라면 이를 가는 인간이

　행랑채 사립문으로 나가 모퉁이를 돌면 해우소다. 행자들이 다비식 뒤처리에 바쁜지라 행랑채 근처에서는 새소리밖에 들리지 않았다. 나는 문으로 나가지 않고 뒤뜰에 둘러쳐진 낮은 담장을 넘었다. 발소리를 내지 않으려 조심하며 미나리꽝 두둑으로 살살 걸었다. 그리고 해우소 옆 장작가리에 몸을 숨기고는 귀를 쫑긋 세웠다.

　"내가 주운 아이는 둘이야. 지장암에 갖다 났어. 까만 애가 설악산 백담사 아랫마을 아이고 허여멀건 애는 한양 아이인데, 둘 다 맘씨 좋은 형님 따라 금강산 구경 온 줄 알고 있지. 한양 아이는 양반이랍시고 아무한테나 반말질이야. 너무 성내지 말고 잘 달래서 산채까지만 데려가. 그다음에 반쯤 패 죽여."

"애들이 생판 모르는 사람을 순순히 따르겠소?"

"내 아우가 데리러 올 거라고 말해 놨으니까 별문제 없을 거야. 양주에도 맡겨 둔 애들도 있어서 그래. 오는 길에 시름시름 앓아서 소요산 텁석부리한테 잠시 돌보라고 했거든. 나는 걔들 찾아와야 하니까 네놈이 두 녀석 데리고 산채로 가라고. 우라질, 너는 어떻게 된 놈이 지난번에는 한 놈도 못 주워 오더니 이번엔 비루먹은 계집년에 당달봉사 꼬맹이를 데려오냐? 계집이야 뭐든 쓸모가 있겠지만, 제기랄, 당달봉사는 밥값이 아깝다. 우리가 언제부터 봉사한테 점치게 하고 독경시키며 살았냐?"

가래가 끓는 쉰 목소리이면서도 어투는 촐싹거렸다. 장작 틈새로 보이는 거라곤 떠꺼머리가 북슬북슬한 뒤통수뿐이었다.

"우리가 밥 먹일 일 없소. 운구 대사님 제자가 될 아이요."

"정신 똑바로 차려. 한 놈이라도 더 끌어들여야 우리 무릉당의 세력을 키울 수 있는 거야. 그건 그렇고 이놈아. 무릉당에서 네 녀석을 이만큼 길러 준 사람이 누구냐, 응? 그 계집년 산채로 데려가기 전에 이 형님이 먼저 맛 좀 보자."

"우리가 건드릴 수 없는 규수요."

"무슨 소리야? 어차피 산채에서 일 시켜 먹고 노리개로 쓸 거 아니냐?"

"두령님이 나한테 하신 말씀이 있소. 예의범절을 잘 배운 양반집 처자를 고이 모셔 오라고. 두령님께서 정식으로 혼례를 치르고 아들을 보겠다 하셨소."

떠꺼머리가 픽 웃더니 구시렁거렸다.

"양반이라면 이를 가는 인간이 혼례는 양반집 처자하고 올리겠다? 그 심보 한번 고약할세."

앵두가 아무 대꾸도 하지 않자, 괜스레 켕겼는지 떠꺼머리가 앵두의 어깨를 툭 쳤다.

"야, 너 내가 이런 말 했다고 두령님한테 일러바치면 안 된다. 나는 두령님이 콩을 팥이라고 해도 믿는 사람이야. 무조건 믿는다고, 알지?"

스님들 몇이 해우소로 몰려왔다. 둘이 목소리를 죽이자 내 마음속에서 속말들이 수런거렸다. 그 두령이란 자, 양반이라면 이를 가는 주제에 양반 되기를 갈망하는 꼬락서니가 나랑 비슷하군. 인물 훤하고 머리도 좋다는데, 그냥 확 시집가 버릴까? 통천의 산채에서 비적패 두령의 마누라로 살아 버리는 거지. 아무려면 양반집 소실 자리보다야 재미있지 않을까?

헛웃음이 났다. 명치끝이 가시에 찔린 것처럼 따끔따끔 아팠다. 내가 두령님 마누라가 되면 앵두 넌, 나한테 죽었어. 나쁜 놈.

만약 내가 정실부인의 몸에서 난 진짜배기 요조숙녀가 아니라 기생첩의 딸이라는 사실이 밝혀지면? 감히 두령님께 신분을 참칭한 죄로 죽임을 당할까? 기생첩의 딸이 반가 규수인 척하며 기생첩의 아들을 능멸했다는 이유로?

하지만 나는 반가 규수인 척한 적 없는걸? 그저 반가 도령인 척 했을 뿐.

우습다. 우습고도 우스운 일이로다.

우스워 죽겠는데, 눈물이 흘렀다. 소맷부리로 눈물을 닦아 내고 울음소리를 내지 않으려 입술을 깨물었다.

마하가 으뜸일까?

운영은 수행자 도량으로 거처를 옮겼다. 나는 바로 운구 대사를 친히 뵐 기회가 있었으나, 공연히 딴짓을 하며 미루적거렸다.

새벽 종소리에 눈뜨자마자 앵두가 지장암에 가자고 꼬드겼다. 표훈사만큼 크지는 않아도 진기한 보물이 많으며 객을 따뜻이 접대하는 암자라고 했다. 나는 속으로 코웃음을 쳤다.

네 엉큼한 속내를 내가 모를 줄 알고?

"지장암이고 무엇이고, 운영이가 저러고 있으니 내 마음도 갈피를 못 잡겠다. 그저 다 헛되고 헛되다 싶어. 이참에 나도 머리 깎고 속세와 연을 끊을까 보다."

앵두가 부리부리한 눈을 홉떴다.

"운영이는 끊을 연도 없는 천애 고아잖소. 하지만 도령은……."

"그런 말 하지 마. 기저귀 갈아 주며 키운 송 영감은 인연이 아니니? 같은 절에서 자란 너는? 옷깃만 스쳐도 인연이랬다. 그렇게 치면 너하고 나도 보통 인연이 아니야. 생전 처음 본 사이에 뜻이 맞아 한방에서 자고 한솥밥 나눠 먹은 지 몇 달째니?"

그런데 네가 감히 나를 네 두령한테 갖다 바치겠다는 꿍꿍이수작을 부려? 하는 말은 꾹 눌러 삼켰다. 앵두가 내 눈길을 피하며 한 손으로 관자놀이를 긁적거렸다. 결국 귓불이 새빨개져서는 무어라 구시렁거리며 돌아앉았다.

"저녁 예불 때 운구 대사님을 뵈어야겠어. 오늘은 나 혼자 백운대에 올라 생각을 좀 정리할 테니, 너는 나한테 신경 쓰지 말고 네할 일 하려무나."

앵두의 널따란 등짝이 움찔했다. 어리석은 놈. 마음 같아서는 녀석 어깨에 올라타 귀를 꽉 붙들고, 빨개져서 뜨거운 귀를 내 손안에 넣고, 살려 달라 빌 때까지 꼬집고 흔들고 잡아당기고 싶었다.

내 마음이 하도 같잖고 우스워서 걸음을 재촉하여 산문을 나섰다. 그사이 내 다리에도 힘이 붙어 앵두만큼은 아니어도 걸음이 제법 가볍고 빨랐다.

굵은 쇠줄에 의지하여 하늘로 향하는 충계를 올라가듯 끝도 없이 올라야 도달하는 백운대. 언뜻 아래를 내려다보았다가 오줌을 지릴 뻔했다. 구름과 안개 속에 어른거리는 낭떠러지는 끝이 보이지 않았다.

그러구러 오르고 보니 내금강의 참모습이 한눈에 들어왔다. 어떤 봉우리에는 얼음과 눈이 여전히 쌓여 있고, 어떤 봉우리는 미소 짓는 부처님 같았다. 또 어떤 것은 장옷을 쓴 색시 같고, 어떤 것은 창칼 든 병사들이 중기중기 모여 있는 모습 같았다. 꽃도 있고 이파리도 있고, 추켜올린 것도 있고 내려뜨린 것도 있고, 누운 것도 있고 쭈그려 앉은 것도 있고 뛰어오르는 것도 있으니, 그 천태만상을 어찌 다 형용하랴.

천태만상이기에 저리 아름다운 것이다. 저것이 모두 똑같은 바윗돌이라면 얼마나 지루할까. 인간도 제각각 다르거늘, 인간은 자연처럼 어울릴 줄 모른다. 사농공상, 양반 상놈, 남녀, 적서, 가지가지 구별을 지어 남을 짓누르니, 짓누르는 사람도 짓눌리는 사람도 점차 사람의 모습에서 멀어지지 않겠는가. 독을 품은 멧돼지가 되지 않겠는가.

붉은 해가 아침놀을 두르고 은은히 떠올랐다. 하늘이 마치 붉은 비단 만 장을 이어 붙인 장막 같았다. 저 장막을 걷어 젖히면, 우리네 세상과는 다른 세상이 펼쳐지지 않을까. 장막 너머 구름바다 저편에 참으로 삼산(三山)과 무산(巫山)이 있으며 거기에 요지(瑤池) 또한 있을 것만 같았다.•

• 삼산, 무산은 중국 전설에 나오는 산이며, 요지는 신선이 산다고 하는 연못이다.

그곳에서는 전설 속 서왕모, 상원 부인, 항아, 남악 부인이 봉황이나 난새를 타고 자유로이 날아다닐 테지. 난설헌도 그 무리에 끼어 시성 두보를 만나러 가고 있을지 누가 알랴.

마하연암으로 갔다. 용맹 정진하는 스님들이 많은 절이라 걷는 것도 조심스러웠다. 점심 공양 시간에 표고버섯 고명을 얹은 국수 한 대접을 얻어먹었다.

행랑방의 창문을 열고 좌우를 둘러보았다. 우뚝 치솟은 혈망봉은 깎아지른 듯 명려한데 돌들의 얼룩무늬가 푸른 나무숲 사이에 어른거렸다. 꼭대기에 구멍이 있어 돌로 된 문과 같은데 멀리서 보면 사람이 출입할 수 있을 것 같아서 그 때문에 구멍 혈(穴) 자를 써 혈망이라 부른다 했다. 망고봉과 혈망봉은 그 산세가 이어지다가 갈라지며 형제 봉우리로서 마주 보고 섰다.

암자 뒤쪽으로 가서 중향성을 올려다보니 마치 숱한 불상이 제가끔 하얀 머리를 드러내고 서 있는 듯해 참으로 기이했다. 이 세상 것이 아닌 듯 뽀얀 광채마저 감도는 암벽들, 청유한 사찰, 울창한 숲……. 문득 아름다운 금강산에서도 이곳 마하가 으뜸이란 생각이 들었다.

그런데 그 생각 끝에 뜬금없이 눈시울이 뜨거워졌다.

마하가 으뜸일까? 진정?

내일 다른 곳을 보면 마음이 바뀌지 않을까? 여기서 유람을 관두고 목숨을 버리거나 머리를 밀어 버리면, 얼마나 많은 볼거리를 놓치는 것이랴. 결국 나는 네거리의 양주처럼 울음을 터뜨리고 말았다.

집을 떠날 때는 가장 아름다운 곳에서 미련 없이 육신을 버리겠다고 결심했으나, 어찌하여 아름다운 곳을 찾으면 찾을수록 그 아름다움을 보고 느끼고 즐기는 이 육신을 더 많이 사랑하게 되는지, 어찌하여 이 가련한 삶에 더 강하게 애착하게 되는지, 나도 나를 모르겠다. 모르겠다, 정녕 모르겠다.

허 의원이 내게 준 화두를 혼잣말처럼 읊조렸다.

용의 고기를 먹어 보지 않고 어찌 이야기로 고기 맛을 알겠느냐.

썩은 외나무다리를 건너다

용의 고기를 먹어 보지 않고 어찌 이야기로 고기 맛을 알겠느냐.

표훈사 행랑채에서도 밤새 그 화두를 곱씹다가 내 나름 결론을 내렸다.

그래, '나는 보았다.'라고 말할 수 있게끔 두루 유람해야겠어. 비로봉과 묘길상과 유점사도 보아야겠고 금강에 잇닿은 바다도 가 봐야겠어. 어쨌거나 금강 구경은 마치자. 지장암에 있다는 그 아이들도 금강산을 보고 싶어서 낯선 이를 따라나섰다니 함께하는 거야. 앵두 녀석이 감히 나를 죽이기야 하겠어? 두령님 색싯감인데 말이지.

두령의 색싯감…… 그 생각을 하니 앵두의 등짝을 백 대쯤 때려

주고 싶었다. 운영을 업고도 나 한 사람쯤 거뜬히 더 업을 수 있을 듯싶던, 그 너른 등짝.

그래, 네가 이기나 내가 이기나 해 보자. 나쁜 놈.

새벽 종소리에 일어나 세수를 마쳤더니, 앵두가 자리에서 일어나지 않은 채 곁눈으로 내 눈치를 슬슬 보았다.

"왜? 내가 머리를 언제 미나 궁금해?"

앵두가 쇠기둥 같은 두 다리를 번쩍 추켜올렸다 내리며 일어났다.

"거 내가 말했잖소. 도령은 운영이하고 처지가 다르다고. 아닌 말로 허구한 날 돌덩어리, 쇳덩어리 앞에서 절이나 하고 불경 외고 나물밥이나 먹는 게 무슨 재미요? 내가 말 잘 들을 테니까 구경이나 착실히 합시다요."

옳거니, 싶었다.

"방금 네 입으로 약조했으니, 앞으로는 내 말에 복종하렷다. 네 멋대로 하고 싶으면 이참에 갈라지자꾸나."

앵두가 소태 씹은 낯꼴로나마 수긍했다.

아침 공양 대신 소금으로 간한 주먹밥을 만들어 표훈사를 나섰다. 운영이 보지 못하나마 산문까지 따라 나와서 우리를 배웅했다. 나는 운영의 손을 꼭 잡고 운구 대사처럼 큰스님이 되기보다 더는 외롭지도 슬프지도 않은 작은 스님이 되기를 빌었다. 그리고 혜혜를 외가에 보낼 때처럼 운영을 꼭 껴안아서 힘껏 들어 올렸다가 내렸다.

앵두는 눈만 끔벅거리다가 작별 인사도 없이 돌아섰는데, 한참 동안 미친 황소처럼 씩씩거렸다. 유달리 큰 숨소리가 신경 쓰여 묘길상 가는 길의 절경도 눈에 들어오지 않았다.

울고 싶으면 후련히 울 일이지, 바보 같은 놈.

어기적어기적 앞서가던 앵두는 썩은 외나무다리를 만나서야 걸음을 멈췄다. 다리 건너편 가마득한 절벽에 넓디넓은 바위가 덩굴나무를 머리털처럼 덮어쓰고 있는데, 그 바위가 꽉 차도록 부처님 좌상이 새겨져 있었다. 손가락 하나가 사람 키만 하려나? 늠름하면서도 자애로운 표정도 그렇지만 엄청난 크기가 보는 사람을 압도하는 부처님이었다. 나도 모르게 탄성이 흘러나왔다.

"대체 저것이 무엇이냐? 누가 저런 데다 부처님을 새겨 놓았단 말이냐?"

앵두가 턱을 치키고 곁눈질로 나를 내려다보았다.

"고려 적 나옹 화상이 묘길상을 새겼느니 어쩌니 얘기는 잘도 하더니만……."

눈이 번쩍 뜨였다.

아, 저것이 묘길상이구나.

나는 '묘(妙)'라는 글자의 느낌에 사로잡혀 묘길상이 작고 섬세한 조각이리라 지레짐작했다. 머리로만 안다는 건, 그러니까 이야기로 고기 맛을 안다는 건, 어쩌면 운영이 내 설명만 듣고 금강을 상상하는 것과 같으리라.

우리가 선 자리에서 묘길상으로 에워가지 않고 곧장 가는 길은 외나무다리뿐이었다. 한데 척 보기에도 양쪽 끄트머리가 심하게 썩어 있었다.

"두렵소?"

앵두의 양 입꼬리가 외나무다리처럼 비스듬히 늘어졌다.

"안 두려운 사람이 먼저 건너려무나."

앵두가 조금도 힘들이지 않고 성큼성큼 전진하기에 나도 얼른 뒤따랐다. 그런데 앵두의 오른발이 건너편 땅에 닿고 왼발이 공중에서 건들거리는 찰나, 외나무다리가 아래쪽으로 푹 꺼져 버렸다. 무어라 소리 지를 새도 없었다. 앵두가 번개처럼 내 손목을 붙들어 주지 않았더라면, 나는 계곡으로 떨어지고 말았을 것이다. 죽을 만치 깊은 계곡은 아니지만 목뼈가 부러졌을지 누가 알랴. 어쨌든 다리나 팔 한 짝쯤은 쉬 부러졌을 텐데, 앵두 덕분에 작은 멍만 몇 군데 남았다.

하지만 고맙다는 말은 입 밖으로 나오지 않았다. 고맙지 않아서가 아니라, 그냥 마음이 어수선하고 복잡했다.

애초부터 마하연 쪽에서 올라왔으면 수월했을 뻔했다. 마하연에서 지장암까지 잘 만든 층계가 길게 뻗어 있었다. 계단 옆으로는 돌을 쌓아 축대를 만들고, 그 위에 광명두를 얹어 초파일 연등을 걸 수 있게 했다. 그 아래로 한 줄기 은하수 같은 길이 층층이

흩어져 내리니, 마치 흰 비단에서 천 가닥 홑실을 뽑아 놓은 듯했다. 이태백이 이 풍경을 보았다면 중국의 절승지 이산이 여기보다 낫다고 말하지 못할 것이다.

그나저나 저 썩은 외나무다리로 돌아갈 수는 없고……. 은하수처럼 어여쁜 층계로 내려가면 그만이나, 발길이 쉬 떨어지지 않았다.

썩은 줄 알았으면서 구태여 저 다리를 건넌 까닭이 무엇일까? 죽어도 그뿐이라고 생각했기 때문일까? 나만은 괜찮겠거니 믿었기 때문일까? 아니면…….

강호의 마음을 지녔으나

지장암에서도 국수를 얻어먹었다. 행랑채에서 배를 두드리며 쉬고 있는데, 앵두가 까맣고 하얀 두 아이를 데려왔다.

"아는 형님을 따라 유람 온 아이들인데 형님이 다른 일이 생겨 가 버렸다는구려. 어떻소? 도령만 좋다면야 나는 데리고 다녔으면 하는데."

입에 침도 안 바르고 거짓말을 해 대는구나. 내가 싫다면? 싫다면 어찌할 테냐?

기왕 함께하기로 마음먹었는데도 정수리로 골이 치밀어 오르는 건 어쩔 수 없었다. 하지만 나를 쳐다보는 아이들의 눈빛이 애절했다. 내가 싫다고 하면 그 즉시 울음을 터뜨릴 기세였다.

너희한테 무슨 죄가 있으랴? 너희나 나나 죄가 있다면 구경에 혹한 죄밖에 없지. 앵두에게 짧게 한마디로 답했다.

"알았다."

낮에 국수를 과하게 먹은 탓인지, 그간의 여독이 한꺼번에 분출된 것인지, 설사병이 났다. 저녁에는 공양간 근처에도 가지 못했다. 다음 날에도 기신하지 못하고 행랑방에 드러누웠다. 호리병의 약물이 아쉬웠지만, 이왕 운영에게 준 것을 되찾아올 수도 없었다. 새삼스레 허 의원이 그리워 눈시울이 뜨거워졌다.

지장암에서는 모든 승려들이 저녁 예불에도, 새벽 예불에도 경을 외웠다. 혼몽 중에 불경 외는 소리를 듣자니 내가 오래전에 이승을 떠나 서방 정토*에 온 듯싶었다. 지장암에 진기한 보물들이 많다는 건 사실인 듯했으나, 몸이 까라지고 정신이 혼미해서 아무것에도 흥미가 동하지 않았다.

앵두가 하루에도 예닐곱 번씩 묘길상 옆 감로수 샘으로 가서 바가지에 물을 떠 왔다.

"이 물을 마시구려. 위병에 좋다 하오."

앵두가 제 팔오금으로 내 뒤통수를 받치고 물바가지를 내 입술에 갖다 대었다. 나는 솔과 바람과 땀이 버무려진 앵두의 체취를 깊이 들이켰다. 물을 두어 모금 마시고 입술을 달싹거려 말했다.

● 불교에서 서쪽으로 십만 억의 국토를 지나면 있다고 하는 아미타불의 세계.

"동이를 빌려 한 번에 잔뜩 떠 오면 되지 무엇하러 번거롭게 바가지를 들고 다니느냐……."

"청련암에 병을 잘 보는 비구니가 있다기에 찾아가서 물어보니 그럽디다. 감로수는 떠서 바로 마셔야 약효가 있다고. 두었다 먹으면 보통 물과 진배없다고."

언제 청련암까지 다녀왔더냐…….

앵두의 눈빛이 수심으로 가득했다. 나는 고개를 돌려 그 눈빛을 외면했다.

앵두는 감로수 샘뿐만 아니라 청련암에도 무시로 들락거리며 죽을 쑤어 오고 약을 달여 왔다. 배앓이는 하루 만에 거의 나은 듯했지만, 나는 내처 누워 있었다. 앵두가 나를 안아 일으켜서 죽을 떠먹이고 내 머리에 베개를 받쳐 주고 이부자리를 정돈해 주는 것이, 앵두가 나를 아기처럼 다루고 보살펴 주는 것이 아늑하고 달콤했다.

하지만 사흘째 되니 과연 좀이 쑤셔서 몸이 비비 꼬였다. 더구나 청련암에 두 궁녀가 속병을 고치러 와 있다는 말을 듣고 나니, 가보고 싶어 견딜 수 없었다. 결국 아이들을 데리고 청련암으로 가서 점심을 먹었다. 오랜만에 먹는 나물과 과일이 모두 꿀처럼 달았다.

궁녀들은 이목구비가 무척 고왔지만, 볼이 홀쭉했고 안색은 파리했다. 다가가서 말이라도 붙여 보려 했는데, 늙은 비구니가 가로막았다.

"궁인은 본디 외인과 말을 섞지 않는다오."

"어디 소속이며 품계는 어찌 된다나요?"

"과방 나인이라지요. 뒷배가 없어 지밀●은 꿈도 못 꾸고 여태 상궁 첩지●●도 못 받은 모양입니다. 병이 위중한지라 다시 입궐할 수나 있을는지……."

하릴없이 곁눈질이나 하며 그들의 운명을 상상해 보았다.

첩. 그들도 첩이다. 임금의 첩이로되 임금의 눈길 한 번 받지 못한 첩이다. 병을 고쳐 입궐한들 죽기 직전까지 과방에서 과자나 만들 뿐이요, 병을 못 고쳐 궁 밖에 남은들 임금을 위해 고스란히 수절해야 하는 몸.

문득 고모가 사람을 써서 보내 준 시 한 수가 떠올랐다.

　　작은 동이에 물을 담으매 비록 깊지 아니하나

　　물고기는 쉴 새 없이 떴다 잠기더라

　　어찌 동이가 물고기의 세상이랴

　　본디 성정은 거침없어 강호의 마음을 가졌음에랴

마음 한구석이 고요해졌다. 나로 말하자면, 그야말로 동이 밖을

● 임금이 늘 거처하는 장소를 이르는 말.
●● 상궁들이 주로 머리 위를 꾸밀 때 쓰던 장식품.

자유로이 노니는 물고기가 아닌가. 고모도 저 궁녀들도 강호의 마음을 지녔으나 동이에 갇힌 물고기요, 혹여나 동이를 탈출하면 국법으로 처단을 당할 터이다. 하나 나는 천첩의 딸로 강호를 거침없이 유랑하고 있다. 내 처지에 무엇을 더 바라랴. 이리 유랑하다 길바닥에서 죽어도 여한이 없으리라.

유점사에서 박씨 부인을 생각하다

유점사로 갔다. 외금강에서 제일가는 절이랬다.

법당 동쪽에 우물이 있는데, '오탁정(烏啄井)'이라는 현판이 보였다. 물이 맑고 달았다.

"무슨 뜻이오?"

앵두가 집게손가락으로 현판을 가리켰다.

"까마귀가 쫀 곳을 팠나 보지?"

지나가던 사미승이 내 추측을 거들었다.

"거 똑똑한 도령이구려. 본시 이 절에는 샘이 없었답니다. 샘이 없는 절이 융성할 수 있겠습니까? 당시 주지 스님께서 우물 하나 얻기를 천일기도로 발원했더니 어느 날 까마귀가 이곳을 쪼더랍니다. 당연히 스님들이 삽을 들고 나서서 파헤쳤겠지요. 거기서 물이 솟아나 오늘날까지 여하한 가뭄에도 마르는 법이 없습니다."

전각들을 둘러보며 감탄했다.

"절집이 참 아름답고 웅장합니다."

사미승이 뿌듯해하는 낯꼴로 눈웃음을 지었다.

"이 절 어실에는 세 임금님의 위패와 친필이 있지요. 여러 번 불이 났지만 불길이 어실을 범한 적은 없답니다."

사미승은 제가 유점사 소속이란 사실을 무척 자랑스러워하는 듯했다. 맞장구를 잘 쳐 주었더니, 인목 대비가 직접 쓴 아미타경도 보여 주었다.

"인목 대비께서 본댁 식구들과 아드님인 영창 대군의 명복을 빌며 올린 축원이지요. 따님이신 정명 공주께서도 칠보장과 병풍을 시주하셨답니다."

임금의 첩들만 동이 속 물고기인 줄 알았더니, 임금의 정실부인도 동이를 벗어날 수 없기는 마찬가지였다. 친정 식구가 몰살당하다시피 하고 귀한 아드님까지 그리 끔찍하게 잃었던 인목 대비. 서궁에 유폐되어 차마 죽지 못해 목숨을 부지하다 늘그막에 부귀영화를 되찾은들 이제 와 다 무슨 소용이랴. 인생은 누구에게나 고통의 바다인걸.

절 마당에는 조각이 정교한 12층 석탑이 있고, 공양간에는 물 백 말이 들어갈 법한 큰 가마가 있었다. 볼거리도 많고 얘깃거리도 풍성한 절이었다. 그러나 내가 유점사를 오고 싶었던 이유는 단 한 가지, 『박씨부인전』에서 박씨 부인이 시집가기 전에 살았던 곳이기 때문이다. 『박씨부인전』을 읽지 못했다면, 내가 과연 사내 옷을 입고 금강산 구경을 떠날 꿈이나 꾸었으랴.

사미승이 제 일을 보러 간 뒤, 앵두에게 박씨 부인 이야기를 들려주었다. 운영이 곁에 있었으면 추임새가 여름철 보리 방귀만큼이나 잦았겠지만, 앵두는 얘기가 끝날 때까지 묵묵히 귀를 세우고 듣기만 했다.

"박씨 부인은 겨우 의복 하나 갈아입었을 뿐인데, 남녀유별이 무용지물이 되었어. 신분도 그와 같은 것이 아닐까? 벗겨 놓으면 똑같은 인간인걸."

"여와가 낳고 복희가 찢어서 뿌렸다는 고깃덩어리처럼 말이오?"

"그렇지, 금강산이 보자면 너나 나나 스님들이나 그 멧돼지 양반이나 무엇이 다를까. 그저 죄다 귀찮기 짝이 없는 고깃덩어리들이겠지."

앵두가 한참 생각하더니 고개를 저었다.

"하지만 박씨 부인도 결국에 여인으로 돌아가 삼종지도를 따르지 않소. 서얼이나 승려도 늘 천대받지는 않는다오. 나라에서 필요할 때는 군복을 입혀 전장에 내세우고 벼슬도 내리며 알뜰히 써먹지. 하지만 난리가 평정되면 말짱 도루묵……. 신분이란, 옷이 아니라 살가죽이오. 옷이야 갈아입을 수 있지만, 살가죽을 바꿀 수 있는 사람이 있소? 살가죽을 어쩔 수 없으니 나라를 바꿔야 하는 거요."

검붉게 탄 앵두의 손등에 푸른 힘줄이 불거졌다. 그 손등에 내 손을 얹어 쓰다듬고 싶은 마음을 간신히 가라앉혔다.

그래서 네가 비적패에 들었단 말이지? 네 마음, 나도 알 것 같다. 전부는 몰라도 얼마큼은, 얼마큼은 이해해.

총석의 소나무처럼

총석정의 기이한 아름다움과 마주하자 숨이 막혔다. 봉우리 정
상에 있는 정자야 인간의 솜씨라 하더라도, 정자 주변 몇 리에 걸
쳐 가지런한 치아처럼, 빽빽한 대숲처럼, 푸른 옥기둥처럼, 열두
폭 병풍처럼 펼쳐진 저 네모진 돌기둥들은 누구의 솜씨인가.

"진시황 말이야."

앵두가 파도가 일으키는 흰 거품에서 시선을 거두고 나를 바라
보았다.

"백성의 절반을 죄인으로 만들었다는? 만리장성을 쌓고 아방궁
을 지었다는?"

"응, 그 무지막지한 황제가 저 총석을 봤다면 반드시 수십만 백

성을 동원해서 죄다 깎고 다듬게 했을 거야. 그리고 아방궁보다 더한 궁궐을 지었을 테지."

"수십만 명 중 절반은 물귀신이 됐겠구려."

나는 갯내를 깊이 들이마셨다가 토해 냈다. 자꾸만 숨이 막히고 입이 말랐다.

"저 소나무 좀 봐."

쪽배의 노를 젓다 말고 앵두가 내 손가락이 가리키는 방향으로 고개를 틀었다.

"소나무는 본래 다른 나무와 달라서 한번 찍히면 새로 움이 솟지 않는대. 그런데 유독 총석의 소나무만은 찍힌 다음에도 새 가지가 돋아 다시금 큰 나무가 된다지."

"총석의 소나무만?"

"그래, 저 돌기둥 사이에서 저토록 위태롭게 자라나는 소나무만 그렇대."

앵두가 노에서 손을 뗐다. 나는 소나무를 가리키던 손을 거두고 앵두의 두툼한 손등 위에 포갰다. 마침내!

"우리도 저 소나무 같았으면 좋겠어. 천출이라 찍혔다고 움츠러들지 말고 설사 찍혔어도 본성을 잃지 않았으면 해."

앵두가 움찔 놀랐다.

"우리라니, 무슨 말을 하는 거요?"

입술에 침도 안 바르고 거짓말을 한다는 말이 있지만, 나는 참말을 하려니 입술이 푸석푸석했다. 혀로 입술을 훑으니 짜디짠 소금 맛이 났다.

"앵두야, 내가 각시도령인 거, 너도 알고 있다고 들었어."

"운영이 놈, 그 촉새!"

앵두가 반사적으로 화를 냈다. 나는 앵두의 손등을 지그시 눌렀다.

"그런데 네가 모르는 사실이 있어. 나, 네 두령이 바라는 그런 규수가 아니야. 기생첩의 딸이야. 아버님께서 나 대신 여종을 기적에 넣어 주지 않으면, 원주 감영 관기가 돼야 하는 몸이라고."

멀리서 물고기 떼가 솟구쳐 올랐다. 수평선이 하늘과 맞닿아 끝없는 푸른 비단 같은 가운데 총석의 경관만이 흰 그림자로 아롱거렸다.

"네 두령 같은 생각으론 무릉도원 근처에도 못 가. 너도 알잖아?"

앵두가 한숨을 쉬며 눈을 감았다.

"알면서도 인정하기 싫은 거잖아."

앵두의 길고 짙은 속눈썹이 바르르 떨렸다.

"차라리, 운영이랑 너를 살린 송 영감이라면 이 세상 어디에서든 무릉도원의 그림자쯤은 만들 수 있겠지. 하지만 두령은 아니야, 앵두야……."

네 각시가 되고 싶다는 말이 혀끝에서 맴돌았다.

"우리 이대로…… 이 배 타고 왜국으로 가 버릴까?"

"철없는 말씀 마시오. 파도 한 번에 홀랑 뒤집어질 쪽배요."

앵두의 목소리가 모래알을 삼킨 듯 쉬어 있었다.

나는 행여 쪽배처럼 뒤집힐세라 앵두의 손등을 조금 더 세게 눌렀다.

크디큰 천지, 그 품 안에

총석정을 둘러보고 통천 금란리 어부에게 맡겨 놨던 아이들을 찾으러 갔다. 마루에서 생선국으로 저녁 요기를 하던 아이들이 앵두와 내 얼굴을 보고 몹시 반가워했다. 무릎이 아프다던 설악산 아이 개똥이도, 몸살을 앓던 한양 아이 만래도 하루 푹 쉰 덕분인지 많이 나은 듯했다.

아이들을 재운 후, 앵두가 어부에게 거짓말을 했다. 애들이 어리고 약골이라 산채에서 거두기 힘드니 차라리 몸값을 받고 팔아 보라는 명을 받았다고, 내가 사당패 출신이라 그쪽으로 연줄이 있다고.

늙은 어부가 어망 손질을 멈추고 등잔불을 내 얼굴 가까이 갖다 댔다.

"사내치고는 너무 곱상하다 싶더니 출신이 사당패였구먼. 하긴 저 꼬맹이들이 어느 세월에 자라서 사람 구실을 하겠나. 큰 애도 그렇고 쪼그만 애도 그렇고 예쁘장하게 생겼으니 한양 사당패에다 팔면 목돈 좀 만지겠군."

어부가 등잔불을 내려놓으며 킬킬거렸다.

우리는 금란리를 떠나 간성으로 가서 청간정에 올랐다. 거북 바위가 볼만하고 바다에 뜬 달덩이가 하얀 연꽃 송이처럼 아름다웠지만, 마음이 불안하고 초조한 탓에 경치를 여유롭게 즐길 수 없었다.

"지금쯤 어부가 두령한테 고자질하지 않았을까?"

"그 어부는 송 영감처럼 무릉당 식구들한테 숙식만 제공하는 사람이라 아직은 괜찮을 거요. 하지만 소요산에 간 뻐드렁니가 돌아오면……."

표훈사에서 앵두와 접선했던 그치가 뻐드렁니인 모양이었다.

"어디로든 하루빨리 도망가야 하지 않니?"

어디선가 닭이 울었고 아이들은 잠꼬대를 했다. 앵두와 나는 이런저런 앞일을 의논하며 밤을 꼬박 새웠다.

"설사 뻐드렁니가 일러바치더라도 나는 워낙 연고가 없는 놈이라 괜찮을 거요. 그리고 도령이야 치마 입고 장옷 뒤집어쓰면 누가 알아보겠소? 기왕 나선 길이니 해변을 따라 남쪽으로 내려가면서 관동 팔경[•]을 두루 구경합시다. 개똥이는 설악산 가는 길에 데려다주고 만래는 상경길에 데려다주면 되잖소."

수평선에 붉은빛이 떠올랐다. 정자 추녀에서 새들이 어지럽게 지저귀었다.

"편하게 말을 놓으래도 고집을 피우는구나. 나한테 존대할 까닭이 바이없다 하지 않았니."

또 앵두의 손등에 내 손을 올려놓았다. 나는 그 따스하고 두툼한 느낌이 마냥 좋았다. 바다에서 운무가 걷히기 시작했다.

"어찌 스승에게 말을 놓겠소. 나는 도령한테서 글도 배우고 시도 배울 테요. 그 작은 머릿속에 가득 찬 이야기들도 전부 내 머리통으로 옮겨 올 거요. 두고 보시오."

앵두는 무릉당을 버리고 내 말을 듣겠다고 한 어제부터 스승을 운운했다. 나에게 허 의원이 그러하듯 자기에게 참스승이 되어 달라고.

나는 네 스승보다 각시가 되고 싶은걸. 하지만 뭐, 스승이면 어떻고 각시면 어떠하랴. 이 거대한 천지 가운데 창해일속^{••}에 불

● 동해안에 있는 여덟 곳의 명승지. 간성의 청간정, 강릉의 경포대, 고성의 삼일포, 삼척의 죽서루, 양양의 낙산사, 울진의 망양정, 통천의 총석정, 평해의 월송정을 이른다.

●● 넓고 큰 바닷속의 좁쌀 한 알이라는 뜻. 아주 많거나 넓은 것 가운데 있는 매우 하찮고 작은 것을 의미한다.

과한 우리가 같은 곳을 바라보며 함께할 수 있으면 그걸로 족한 것을.

시 한 수를 지었다.

못 내 동쪽으로 흘러들어
깊고 넓기가 끝이 없구나
이제야 알았도다, 크디큰 천지
우리 모두 그 품 안에 안겨 있음을

꿈에서 어머니를 봤어요

　삼일포와 청간정을 보고 양양으로 가서 의상대에 올랐다. 강릉에서는 경포 호숫가에서 한참을 거닐었다. 산과 바다, 늙은 소나무와 버들가지의 각기 다른 푸른빛으로 물든 비단 위에 백사장과 붉은 해당화와 노란 꾀꼬리를 수놓은 풍경이 백 년을 보아도 질리지 않을 듯했다.

　삼척 죽서루에서는 오십천 푸른 물이 동해로 흘러들어 가는 광경을 보았고, 울진 망양대에서는 세상을 집어삼킬 듯 포효하는 파도에 온몸을 떨었다. 평해 월송정에서는 이상하게 생긴 새들이 쌍쌍이 나는 모습을 보았는데, 새 이름을 몰라 안타까워하며 탄성만 내질렀다.

새까맣게 타서 군데군데 허물이 벗겨진 앵두와 아이들을 보니 웃음이 났다. 내 꼴이라고 별다르랴.

"오늘로써 금강산과 관동 팔경을 대강 둘러보았다. 어떠냐? 흡족하냐?"

설악산 아이 개똥이가 우물쭈물하다가 동문서답을 했다.

"꿈에 어머니가 나왔어요. 제 이름을 부르며 굿을 하셨어요. 그래서 이제 금방 돌아갈 테니 걱정 말라고 말씀드렸어요. 빨리 집에 가야 해요."

꿈에서 어머니와 대화하다니? 무당집 아이라 신기(神氣)가 있는 건가?

다음으로 한양 아이 만래를 돌아보았다.

"나도 빨리 집에 갈래. 엿이랑 강정이랑 떡이랑 실컷 먹고 싶어. 짜기만 한 주먹밥은 지겨워."

역시나 호의호식하며 자란 양반집 도련님다웠다.

구경에 혹해 앞뒤 재지 않고 낯선 이를 따라나섰던 아이들 입에서 이런 말이 나오다니, 발길을 돌려야 할 때다 싶어 먼저 설악산으로 향했다.

설악이 왜 설악인지는 우뚝우뚝 솟은 눈처럼 흰 바윗덩이들을 보고 단박에 알 수 있었다. 산은 높고 골짜기는 깊어 하나같이 아득했고, 냇물은 얼음처럼 차가웠다. 천 년은 묵었을 성싶은 소나무 사이로 학이 노닐고, 사슴 떼가 계수나무를 끼고 돌았다. 그 좌우로 미인의 입술 빛 같은 철쭉이 빽빽하게 피어나 냇물에 제 얼굴을 비추었다.

부슬비가 내려서 도롱이와 삿갓을 쓰고 운무에 감싸인 산꼭대기를 향해 조심조심 나아갔다. 곧 우레와 같은 물소리가 귀청을 울렸다.

"말로만 듣던 대승 폭포가 여기로구나. 개성의 박연 폭포, 금강산 구룡 폭포와 함께 세 손가락에 꼽히는 웅대한 폭포란다."

폭포 소리에 묻힐까 봐 고함지르듯 말했다. 아이들 눈도 휘둥그레졌다. 만래가 입을 열었다.

"저 물속에 용 있지?"

자욱한 물안개 덕분인지, 내 눈에도 곧 용이 보일 듯했다.

"그러게, 꼭 용이 살 것 같은 물이네?"

길이 미끄럽고 앞이 보이지 않아 그 자리에서 한참을 쉬었다. 어디가 숲이고 골짜기인지, 어디가 산꼭대기이고 하늘인지 알 수 없도록 짙디짙던 운무는 한낮이 지나서야 걷혔다.

시 한 수를 지었다.

천봉 우뚝 서 하늘을 찌르는데
물안개 걷히니 어떤 그림이 이보다 훌륭하랴
이곳 설악산 기막힌 절경이라
대승 폭포 옆에다 초막 하나 지었으면

백담사에서 하룻밤 묵으려고 올라가던 중에 앵두가 일주문에서 무릉당 표지를 발견했다. 나는 가슴이 덜컥 내려앉았다.

"두령이 우리를 잡으러 보낸 자들일까?"

앵두가 눈썹을 찌푸렸다.

"그럴 수도 있고 아닐 수도 있소만, 어쨌든 백담사에서는 잘 수 없겠소."

두려워하는 내 모습이 애달파 보였는지 앵두가 내 손을 꽉 잡아 주었다. 이미 날이 저문 터라 앵두 또한 난감해하며 선뜻 발을 떼지 못했다.

"수렴동으로 가요."

뜬금없이 개똥이가 말했다.

"어머니가 그곳에서 기도를 올리고 있어요. 꿈에서 봤어요. 가요. 떡도 있고 과일도 있어요."

떡이라는 말에 데꾼하던 만래의 눈이 금방이라도 튀어나올 듯 커졌다.

"무슨 떡? 시루떡? 아니면 백설기?"

개똥이가 만래에게 대꾸하지 않고 앵두를 쳐다보았다.

앵두가 마른입을 다셨다. 어린아이 말을 믿기도 어렵지만 달리 어찌할 도리가 없는 형편이었다.

"수렴동이면 여기서 멀지 않으니 가 봅시다. 개똥이 어미가 기도를 어디서 하는지는 몰라도, 그 근처에 내가 아는 빈 암자가 하나 있소. 찬 이슬은 피할 수 있을 거요."

결국 그날 밤은 수렴동 무당의 초막집에서 보냈다. 무당은 우리를 눈물로 환대했다. 개똥이를 데려간 잘못 따위는 한마디도 따지지 않고 재 묻은 떡과 과일을 푸짐히 나눠 주었다. 다음 날 새벽에 깨어나 보니 개똥이는 단잠에 빠진 채였고 무당은 신당에 있었다. 앵두가 잠에 취한 만래를 들쳐 업고는 들릴락 말락 귀엣말했다.

"쉿, 되도록 빨리 이곳을 떠야 하오."

결국 개똥이에게 작별 인사도 하지 못하고 길을 죄었다. 나 또한 근방에 비적패가 있다는 생각만으로도 머리털이 곤두섰기에 군말 없이 앵두를 따라갔다. 설악이야 언제고 다시 찾을 날이 있으리라.

가르쳐 주시어요, 이 윤똑똑이를

남산에 올랐다.

북녘으로 상서로운 노을빛 걸린 곳에 화려하게 채색된 궁궐들이 모여 있었다. 눈을 가늘게 뜨고 보니 언뜻 저곳이야말로 삼산이자 요지인가 싶기도 했지만, 그럴 리 있으랴. 찬란한 것은 저 채색일 뿐, 인간의 삶이란 저기서도 고통의 바다일 것을. 청련암에서 보았던 궁녀들의 시르죽은 얼굴이 떠올랐다.

그래도 한양은 한양이었다. 수도의 위용이 이런 것인가. 한강이 청록색 허리띠처럼 성시(城市)를 둘렀다. 훌륭한 기와집들이 열을 지어 늘어섰고, 세거리 혹은 네거리마다 술집의 깃발이 나부꼈다. 바야흐로 해거름인지라 말을 탄 한량들이 무리 지어 술집으로 들어가고 있었다. 나루터에는 배들이 가득하고, 뭍에는 수레와 말과 사람이 넘치는 번화한 도읍.

"네 집은 어디쯤이야?"

만래가 고개를 살래살래 흔들었다.

"몰라."

개똥이와 똑같이 열 살을 먹었어도 철은 한참 덜 든 녀석이었다.

"그래도 뭔가 생각나는 게 있지 않니?"

"화초장 모서리에 머리를 박은 적이 있어."

만래가 한 손으로 이마의 작은 흉터를 가리켰다.

"화초장이 있을 정도면 살림깨나 사는 집이겠군."

내 어림짐작에 앵두가 물었다.

"화초장이 뭐요? 미나리 무치는 초장은 아닐 테고."

너, 미나리 초무침을 좋아하는구나.

"문짝에 화초 무늬를 그려 넣은 옷장인데, 값나가는 물건이야. 만래야, 또 뭐가 생각나?"

만래가 혀끝으로 입술을 핥았다.

"사랑 툇마루에 올라서면 나루터가 보였어. 도련님, 저기서 우리 도련님 잡수실 고기를 잔뜩 낚아 올 겁니다요, 그랬어."

"누가?"

"나 업어 주던 종년이."

종년이라니! 망할 양반 놈 같으니라고.

나는 곁눈으로 앵두의 눈치를 살폈다. 제발이지 불뚝성은 내지 말아야 할 텐데. 남산을 오가는 사람들의 이목을 끌어서 좋을 일이 없으렷다.

앵두의 눈동자에서 잠깐 불꽃이 번쩍하기는 했다. 그러나 뜻밖에 앵두의 입에서 나온 말은 차분했다.

"마포 아니면 용산이겠군. 나루터 가까이 사는 경주 김씨 집안이라면 만래한테 더 캐물을 것도 없소. 근처 주막에다 맡깁시다. 주막에서 한몫 쏠쏠히 챙길 거요."

앵두의 결론에 내가 토를 달았다.

"그동안 애를 데리고 다니며 가외로 쓴 돈이 적지 않은데, 왜 주막 좋은 일만 시키려고? 우리가 직접 나서 노잣돈이라도 벌어 보면 어떨까?"

내 말을 들은 앵두가 코웃음을 쳤다.

"스승님으로 모시려다가도 이런 얘기를 들으면 암담해진단 말이지. 이보시오, 물에 빠진 놈 건져 놓으니까 내 봇짐 내놔라 한다는 말 못 들어 봤소? 만래네 부모가 당장이야 잃어버린 줄 알았던 아들을 찾았으니 삼신할미가 돌봐 주신 덕입네 조상님 음덕입네 하면서 좋아서 사족을 못 쓰겠지. 하지만 그건 한순간이고, 바로 어떤 능지처참할 연놈들이 부모한테 허락도 받지 않고 아이를 데려갔었느냐고 난리를 피우지 않겠소?"

"우리가 만래를 유괴한 건 아니잖아."

"그 말을 누가 믿어 줄까? 죽도록 얻어맞고 창고에 갇혔다가 관가로 압송되기 십상이오."

앵두의 말이 옳았다. 누군가 우리 얘기를 믿어 준다손 치더라도, 결국에는 뼈드렁니의 행방을 알아내고 무릉당을 토벌하고자 우리를 죽을 지경으로 족칠 게 뻔했다.

고금의 시문과 잡학이 아니라 세상 물정에 관해서라면 앵두가 내 스승이었다.

그러니 스승님, 잘 가르쳐 주시어요, 이 윤똑똑이를.

언젠가 우리 둘 다 죽을 거요

창의문으로 나와서 세검정(洗劍亭)을 찾았다. 나는 처음 원주 집을 나섰을 때처럼 복건을 쓰고 사규삼을 입고 태사혜를 신었다. 상투를 틀고 패랭이를 쓴 앵두가 충직한 하인처럼 내 뒤를 따랐다.

이미 관동에서 엄청난 절경을 눈에 남은 터라, 세검정은 썩 출중해 보이지는 않았지만 그런대로 깨끗하고 즐길 만한 정자였다.

"세검정이 왜 세검정인 줄 아니?"

"쳇, 까막눈이라도 들은풍월은 있소. 예전에 무사들이 칼을 씻었다는 곳 아니오?"

"조선은 문(文)의 나라야. 이곳에서 칼을 갈고 씻은 이들은 광해군을 쫓아내고 새 임금을 세운 선비들이지. 성공하면 공신이 되는 거지만, 실패하면 그 칼로 자기 목을 찌르리라 맹세했대."

앵두가 불퉁거렸다.

"새 임금이나 헌 임금이나 가마 타고 다니는 사람들 얘기요. 가마 메는 천것들은 바뀌는 게 없소."

시냇물 소리와 온갖 새소리가 자못 시끄러웠지만, 나는 말소리를 죽였다.

"그래서 천것들끼리 칼을 갈았어?"

모감주나무의 노란 꽃이 눈송이처럼 소리 없이 떨어졌다.

"무릉당 두령이 임금이 되면, 가마 메는 천것의 고충을 생각해서 제 발로 걸어 다닐까?"

앵두가 후우 한숨을 내쉬고는 집게손가락으로 인중을 긁으며 대답했다.

"내가 왜 두령에게서 등을 돌렸겠소? 높은 자리에 오르면 가마꾼을 더 많이 써서 더 화려하고 더 장엄한 행차를 꾸릴 인물이거든, 그자가. 지금 임금은 궁궐에 박혀 있기라도 하지, 두령은 위세를 떨치고 싶어 매일같이 팔도 유람을 다닐걸? 당연히 금강산에서는 사람 나귀를 부리겠지, 그 멧돼지 양반처럼. 나귀 노릇은 누가 하겠소? 새로 천것이 된 사람들이 하겠지. 지금 세상도 싫지만, 그런 세상도 보고 싶지 않소. 도대체 사람이 사람으로 살지 않고 왜 멧돼지나 나귀로 산단 말이오?"

"그러게나 말이다."

앵두의 생각이 내 생각과 똑같았다. 가슴이 뛰었다. 앵두는 내 가슴속 멧돼지를, 나는 앵두의 가슴속 멧돼지를, 사람으로 길들일 수 있을 테다. 우리는 멧돼지나 나귀로 살지 않고 사람으로 살아갈 테다. 날마다 조금씩 더 아름다워지는 사람으로.

숭례문을 거쳐 관왕묘•로 갔다. 키 큰 소나무가 하늘을 가려 어둑어둑한 가운데 붉은 문, 푸른 기와, 단청을 입힌 누각이 보였다. 정문은 잠겨 있고 협문만이 열려 있었다. 전립을 쓴 문지기가 입장료를 받았다.

문 안에는 돌 호랑이가 웅크리고 앉았고, 영조 대왕께서 관왕의 사적을 찬양해 직접 쓴 비석이 있었다. 적벽 대전과 장판교 전투 같은 『삼국지』 그림들이 잔뜩 걸렸고, 갑옷과 투구를 쓴 장수들이 창칼을 들고 좌우로 도열해 있었다. 붉은 일산과 갈포 장목을 헤치고 나아가니 익선관을 쓰고 곤룡포를 입은 관왕이 용상에 올라앉아 있었다. 비록 사람의 손으로 깎아 내고 칠을 입힌 조각상에 불과하다 해도, 붉은 대춧빛 피부, 봉황의 눈매, 누에의 눈썹, 길고 풍성한 수염에 위엄이 가득했다.

향을 피우고 절을 올렸는데, 어쩐지 숨이 막히고 맥이 빨리 뛰어서 서둘러 밖으로 나왔다.

묘 밖에는 장막을 치고 점을 보는 맹인이 있었다. 반저고리 바람

• 중국 삼국 시대의 장수 관우를 모시는 사당.

에 누런 고의를 둘둘 걷어붙인 웬 떠꺼머리가 복채를 내고 생년월일시를 일렀더니 맹인이 쌀알과 솔잎을 뿌리며 점괘를 뽑았다.

"우리도 한번 해 보자, 응?"

내가 엽전을 꺼내 들고 그리 말하는데도 앵두는 싹 무시하고 앞서갔다.

"복채 낼 돈이 있거들랑 나를 주시오."

"네가 뭘 안다고?"

"뭘 알다니? 틀림없는 미래를 알지."

호기심이 일어 앵두를 빤히 올려다보았다. 앵두가 관왕과 살짝 닮은 눈썹을 꿈틀거렸다.

"복채 먼저 주시오. 그럼 말해 주지."

앵두가 손을 내밀었다. 내 손의 너더댓 배는 될 성싶은 두터운 손. 그 손바닥에 엽전 한 냥을 떨어뜨렸다.

"자, 이제 말해 줘."

"언젠가 우리 둘 다 죽을 거요. 날짜는 모르오."

"뭐야?"

내가 엽전을 뺏으려 들자, 앵두가 재빨리 주먹을 움켜쥐고는 웃으며 도망갔다.

주목 비녀

내 모든 저고리의 앞섶에는 손가락 세 마디만 한 주머니가 있다. 나는 그곳에 주목 비녀 하나를 넣어 두고 밤낮을 함께하며 때때로 어루만진다.

앵두야, 네가 죽을 때까지 내 옆에 있었으니, 나는 죽을 때까지 너를 내 가슴에 품으마.

관왕묘에 갔던 그날, 앵두는 내가 복채로 준 엽전 한 냥으로 주목 비녀를 샀다.

옥비녀나 칠보 비녀를 사고 싶었을지도 모르겠다. 고작 한 냥으로는 살 수 있는 게 이 나무 비녀뿐이었으리라.

그래도 꼬리 쪽엔 목숨 수(壽)와 복 복(福) 두 글자를 새기고 머리 쪽에는 복숭아꽃을 조각한, 자세히 보면 예쁜 비녀였다.

그날 오후, 앵두와 나는 일찌감치 주막에다 방을 잡고 두런두런 이야기를 나누었다.

"이제 어디로 가지? 남쪽으로 내려갈까, 아니면 북쪽으로 올라가 볼까?"

앵두는 눈꼬리를 내리고 그저 싱글거리기만 했다.

"내일 아침에 일어나서 꾀꼬리 소리 들리는 쪽으로 가는 건 어떻소? 죽을 때까지 꾀꼬리 옆에 있는 게 내 소원인지라······."

응?

나는 들이마신 숨을 내쉬지 못했다. 마음속에 크고 작은 꽃봉오리들이 한꺼번에 벙글었다. 봉오리 속 꿀주머니에 혀를 댔더니 향기롭고 달콤한 꿀이 흘렀다. 감미로운 꽃 가득한 아름다운 정원에서 꾀꼬리가 울었다.

후우.

겨우 숨을 내쉬고 말했다.

"그래, 어디로든 가다가 마음에 드는 데가 있으면 그곳에다 초막 하나 짓고 살지 뭐. 마당에다 매화나무, 살구나무, 대추나무를 심고 돌담 아래엔 모란꽃, 분꽃, 접시꽃, 해당화를 심고. 또 자그마한 연못을 파서 연꽃도 심어야지. 섬돌에 꽃잎 떨어지고 산들바람 불고 달 밝은 저녁이면 툇마루에 앉아 시를 지을 거야······. 앵두,

너는 뭐 할래?"

"글쎄, 옆에서 먹을 갈까?"

너는 내 시우(詩友)가 될 거야. 내가 너한테 시를 가르쳐 줄 거거든. 암, 딴건 몰라도 시 짓는 일이라면 네 스승 노릇 할 수 있어.

갑자기 앵두가 어디 다녀올 데가 있다며 주막을 나갔다.

혼자 있는 동안, 나는 부모님께 편지를 썼다. 못난 여식은 아픈 데 없이 안녕하다, 천생연분을 만났으니 앞으로도 잘 살겠다, 아무 걱정 마시라. 편지는 원주 가는 보부상에게 삯을 주고 맡길 심산이었다.

발소리가 나기에 앵두인 줄 알고 지게문을 열어젖혔다.

삐거덕.

낡은 돌쩌귀가 내던 그 소리…….

나는 그 소리를 마지막으로 사흘간의 기억을 통째로 잃어버렸다.

사흘 뒤에 내가 깨어났을 때, 주모가 전해 준 사건의 대강은 이랬다. 반저고리에 고의도 걷어붙인 떠꺼머리 왈짜자식이 대낮에 나를 겁간하려 달려들었다. 때마침 돌아온 앵두가 그놈을 말렸다. 왈짜가 칼을 꺼내 앵두의 등허리를 몇 번이고 찌르며 소리쳤다. "배신자는 죽어도 싸다!" 앵두는 피를 철철 흘리면서도 완강히 버티다 결국에는 왈짜의 칼을 빼앗아 그놈의 목통을 찔렀다. 혼비백산한 주막 머슴이 포도군사를 불러와 보니 둘 다 숨이 끊어져 있었다. 주모는 왈짜가 왜 도령을 겁간하려 했나 의아쩍었는데, 혼절

한 나를 간병하다 내가 여자인 것을 알게 됐다.

주막 머슴이 포도청 다모●를 불러왔다. 나는 다모에게 신분만큼은 솔직히 밝혔다. 그리고 앵두는 내 부모가 붙여 준 호위 겸 종이며 왈짜는 앵두의 소꿉동무로 우연히 내가 여자인 것을 알고서 흑심을 품은 놈이라고 둘러댔다. 당사자들이 칼부림으로 죽어 버렸고 주모와 머슴 등 목격자들의 증언과도 일치했기에 다모도 별 의심 없이 물러갔다.

내가 아무에게도 말하지 않고 머릿속으로 꿰어 맞춘 사건의 전모는 이러하다. 왈짜는 무릉당에서 보낸 놈으로 관왕묘에서부터 우리를 따라왔다. 그놈은 앵두와 주막 머슴이 자리를 비울 때를 틈타서 나를 겁간하고 죽이려 했다. 그러곤 지게문 뒤에 숨어 있다 아무것도 모른 채 방으로 들어오는 앵두도 찌를 속셈이었을 터. 하지만 주막 머슴이 좀체 자리를 뜨지 않아 일이 지체된 데다, 마음이 급했던 앵두가 장터에서 뛰다시피 돌아왔기에 계획이 틀어지고 말았다. 앵두는 왈짜의 등 뒤에서 곧바로 정체를 알아챘을 것이다. 그렇다면 나를 희생물로 내어 주고 슬그머니 돌아서서 도망갈 수도 있었다. 그러나 앵두는 나를 살리고 나를 대신하여 죽었다.

주모가 사투 중에 앵두 품에서 떨어진 물건이라며 주목 비녀를

● 조선 시대 포도청에 소속되어 있던 관비로, 여성이 관련된 사건의 수사에도 참여했다.

내 손에 쥐여 주었다.

　"그 총각, 처자를 끔찍이 애모한 모양이구먼. 그래, 비녀에 무슨 뜻이 있는지 알기나 아오?"

　내가 침묵을 지키자, 주모가 무릎을 짚고 일어서며 쭝덜거렸다.

　"어른이오, 어른. 어른 됐수."

내 팔자치레는 내가

원주 집으로 돌아왔다. 깡마른 몸에 초라한 남자 옷을 걸치고 고뿔까지 걸려 콧물을 줄줄 흘리는 딸을 보고 어머니는 대성통곡했다. 아버지는 큰절 올리는 나를 곁눈으로 흘낏 보고는 한마디도 하지 않고 돌아앉았다. 미운 여식에게 당신 눈물을 보이기 싫었으리라, 그리 짐작할 뿐이다.

내 거처의 살구나무는 못 본 사이 붉누르게 물든 이파리들을 하염없이 떨구고 있었다.

허 의원과 죽서가 나를 보러 왔지만, 나는 병을 핑계로 입을 다물었다. 그들이 듣고 싶은 얘기는 금강산과 운구 대사와 관동 팔경과 한양일 터. 그러나 내가 하고 싶은 얘기는, 꿈결에서 맛본 듯

한 꿀샘……. 단맛을 살짝 보이고는 영원히 사라져 버린 어떤 찰나였다.

어머니는 내 양생에 지극정성을 다하면서도 걸핏하면 혀를 찼다.

"꼴이 이게 뭐냐? 쯧쯧, 한뎃잠을 얼마나 자고 얼마나 굶주렸으면. 이 꼴로 누가 널 받아 주겠니? 어찌어찌 소실 자리 찾은들 그날로 소박을 당해도 할 말이 없지 않겠니? 앞으론 방문 밖으로 나갈 생각일랑 아예 하지 말고 방 안에 틀어박혀 수틀이나 붙들고 있어라. 한 꺼풀 싸악 벗겨져야 뽀얀 새살이 돋으려나, 쯧쯧."

귀가하고 달포 정도 지났을 즈음, 어머니가 부리는 여종 오월이가 아이를 낳았다. 너무 작아 호리병 속에도 들어갈 수 있을 것 같던 그 아이는 닷새 만에 숨을 거뒀다. 오월이가 움직이지 못하는 바람에 어머니와 내가 뒷수습을 했다.

탯줄. 아이의 배꼽에서 꾸덕꾸덕 말라 가던 그것.

나는 탯줄을 손에 쥐고서야 비로소, 청학봉에서 찾은 호리병 속에 있던 실뱀 같은 것의 정체를 깨달았다. 그러니까 그것도 탯줄이었으리라. 운영의 배꼽에 붙어 있었던, 운영과 허 부인을 이어 주었던…….

어디 가느냐는 어머니의 물음을 못 들은 체하고, 내가 감히 오라버니라 부를 수 없는 오라버니가 거하는 작은사랑으로 다짜고짜 쳐들어갔다.

"나리, 오월이가 누구 아이를 낳았는지 나리는 아실 겁니다. 아이가 죽었다는 얘기는 들으셨는지요?"

불혹의 사내가 눈길을 서책에 붙박은 채 웅얼거렸다.

"오월이 년이 하도 꼬리를 치는 바람에…….''

"그렇다면, 오월이가 나리를 겁간이라도 했습니까?"

방귀 뀐 놈이 성내는 격으로 사내가 목소리를 높였다.

"네년이 웬 꼴같잖은 참견이냐? 썩 물러가지 못할까!"

나는 무릎걸음으로 다가가 죽은 아이의 배꼽에서 거둔 탯줄을 사내의 서책 위에 올려놓았다.

"이게 무엇인 줄은 아시지요?"

기가 질렸는지 사내가 말을 못 하고 끙끙거렸다.

"나리께서 뿌리신 골육이 오월이 몸속에서 자라며 오월이와 하나로 연결되어 있던 표식입니다. 나리, 오월이를 모른 체하시면 아니 됩니다. 오월이는 지금까지도 종신토록 나리를 모시고 싶다 합니다. 첩으로 올려 앉히시지요."

첩. 첩이라니. 가만히 있어도 온 세상이 미워하고 나지리 보는 사람. 그러나 오월이는 애모하는 이의 첩이라도 되어 보고 죽기를 바란다…….

사내는 찻주전자에서 맑은 녹차 한 잔을 따라 마시고서야 입을 열었다.

"네 대비정속은 누가 하고?"

"오월이는 기생의 딸이 아닙니다. 기생의 딸로 기적에 올라야 할 계집은 오월이가 아닙니다. 나리, 제 팔자치레는 제가 합니다."

앵두는 자기 몫의 저승길을 간 것일까, 내가 가야 할 저승길을 내 대신 간 것일까. 변솟길과 저승길은 다른 사람이 대신할 수 없다 했거늘.

사흘 밤을 꼬박이 새워 가며 눈처럼 하얀 비단에다 붉은 앵두가 잔뜩 열린 앵두나무를, 그리고 그 앵두나무에 앉은 샛노란 털빛의 꾀꼬리를 수놓았다. 내 팔자치레는 스스로 하겠다는, 내 나름의 출사표였다.

비단 금(錦)에 꾀꼬리 앵(鶯), '금앵'이라는 기명을 짓고 나는 내 발로 원주 감영을 찾았다.

삼호정에서

십 년여 원주 감영의 관기로 붙박이인 신세이되, 내 이름만큼은 시 잘 짓는 기생으로 팔도를 넘나들었다. 한양 양반들이 자기네 연회에서 시를 겨루자며 가마를 보내어 나를 불러올리는 일 또한 드물지 않았다. 스물다섯을 넘기고부터 기생 신역에서 웬만치 물러난 덕에 한양 나들이는 더 잦아졌다.

뜨르르한 재상가의 사치스러운 별장에도 자주 갔건만, 내가 첫눈에 반한 곳은 용산 삼호정이다. 눈을 들면 거인의 주먹 같은 관악산의 둥글삐죽한 봉우리들이 손짓하고, 눈을 내리깔면 아득하고 아득하여 어지럽기까지 한 한강이 넘실댄다. 강변 모래사장은 백옥을 깔아 놓은 듯 하얗게 빛나고, 물새들의 군무가 수시로 펼쳐진다. 아담한 누각과 담장 아래에는 풀꽃이 가득하고 작은 못에는 연잎이 무성하다. 바위틈에서 퐁퐁 솟아 섬돌을 둘러 흐르는 샘물은 그냥 마셔도 달지만, 차를 끓이면 그 맛매가 비할 데 없다. 삼호정만 놓고 보자면, 산 좋고 물 좋고 정자 좋은 데 없다는 옛말은 틀렸다.

인연이 되려면 저절로 엮이는 것인지, 내가 삼호정을 마음에 품자마자 삼호정의 주인 규당 김 학사가 나를 사랑하여 원주까지 쫓아왔다.

"금앵아, 네 소원이 무엇이냐? 내 다 들어주마."

"제 마음 가는 대로 비단에 수를 놓듯 가꾼 정원에서 원 없이 시를 쓰고…… 때때로 동무들을 초대하여 시 쓰는 즐거움을 나누며 늙어 가는 것. 그것이 제 소원입니다."

김 학사는 자기 사람이 되면 삼호정을 나에게 주겠다고 했다. 헛말을 할 사람 같지는 않았다.

어머니는 당신 일처럼 기뻐했다.

"살림도 넉넉하고 인품도 그만하면 됐더라. 너한테는 과분한 복인 줄이나 알아라."

"생각해 볼게요."

"생각? 이 불쌍한 어미 생각도 좀 해 주려무나."

지난 십여 년, 폭삭 주저앉은 아버지의 집안에서는 아버지가 돌아가시자마자 어머니를 맨몸으로 내쫓았다. 첩살이라는 게 본디 그러하다. 그러니 첩살이를 시작하되 너무 먼 미래를 기약하지 말자.

어머니가 의심스러운 눈초리를 번득였다.

"설마 길가의 들꽃처럼 아무나 꺾고 건드리고 희롱하는 퇴기로 늙을 참이니? 아니면 저 철없던 시절처럼 또 한 번 사내 옷 입고 유랑을 다닐 작정이냐?"

그럴 수도 있지요, 어머니. 하지만 나중에 그리할망정 지금은 내 정원에서 시를 쓰고 차를 끓이고 싶네요.

열네 살까지 앵앵, 열네 살부터 금앵으로 살았다. 이제 삼호정의 주인으로 새 삶을 시작하기 위해, 나는 비단 금(錦)에 정원 원(園), '금원'이라는 새 이름을 나에게 선물했다.

김 학사를 불렀다. 내가 부르기만을 오매불망 기다렸다는 듯, 득달같이 긴 수염을 휘날리며 달려왔다.

"비단 정원의 바람막이가 되어 주실 수 있겠어요?"

학사는 내 말뜻이 무엇인지도 모르면서 수없이 고개를 주억거렸다.

"암, 바람뿐이냐. 햇볕도 비도 내가 다 가려 주마."

삼호정에는 살구나무, 매화나무, 대추나무가 있지만 앵두나무는 없었다. 내 책상머리에서 가장 잘 보이는 곳에 앵두나무를 심었다. 틈틈이 정원을 손질하고 채소를 기르다 문득 그리운 이가 떠오르면, 앵두나무 아래에 맑게 우린 녹차와 색색으로 장만한 다식에 약과와 주악까지 올린 다과상을 갖다 놓고 꾀꼬리처럼 노닐었다.

한두 달에 한 번은 마음 통하는 시우들을 불러 함께 시를 짓고 낭독하며 놀았다. 내 오랜 벗 죽서는 서 태수의 소실이고, 어릴 적에 혜혜라 불렀던 내 아우 경춘은 홍 태수의 소실이다. 김 상서의 소실인 운초는 시재뿐만 아니라 주량으로도 우리 무리에서 으뜸이다. 박학다식하기가 성균관 박사를 울리고도 남을 경산은 이 상서의 소실이다. 우리 다섯이 하룻밤 어울려 놀고 나면 글 두루마리가 방 안에 가득 차 그것들을 밟지 않고는 걸어 나갈 수조차 없었다. 제 글과 남의 글을 번갈아 읽기도 하고 가야금과 거문고를 뜯으며 노래를 부르기도 하다 보면, 하룻밤이 어찌나 짧은지.

내 눈에 무엇이 씌었기에 꽃과 수풀, 나비와 새, 바람과 햇살, 노을빛과 달빛, 안개와 구름, 비와 눈, 이 모든 것이 내 정원에만 들어서면 바깥세상보다 곱으로 아름다울까.

창가에 서서 내 아름다운 비단 정원을 고즈넉이 바라보며 나는 『채근담』의 한 구절을 입 속으로 읊조렸다.

"마음이 쉴 때면 문득 달 떠오르고 바람 불어오니, 이 세상 반드시 고해는 아니라네."

용의 고기를 맛보았습니다

허 의원이 많이 편찮아 가실 날이 머지않다는 기별을 받고 경춘과 함께 원주로 내려갔다. 죽서도 함께하고 싶어 했지만, 제 몸에도 병이 깊은지라 서 태수의 허락을 얻지 못했다.

허 의원은 살빛이 까맣게 죽고 대꼬챙이처럼 말라 옛 모습이 하나도 남아 있지 않았다. 눈물만 샘처럼 솟아날 뿐, 무슨 말이든 해야 할 텐데 아무것도 떠오르지 않았다.

문득, 까마득히 잊어버렸던 질문이 생각났다.

"의원님, 도대체 용의 고기가 무엇인지요? 의원님께서는 용 고기를 잡숴 보셨는지요?"

"……."

"용 고기를 구해다 드리면, 건강을 되찾으시고 예전처럼 저희 자매에게 시를 가르쳐 주실 수 있을까요?"

허 의원의 입술과 입가에 있는 주름살이 바들바들 떨렸다. 울음처럼 보이기도 했지만 미소처럼 보이기도 했다.

알아요. 다 알아요, 의원님.

"제가 맛본 용의 고기 얘기가 여기 담겨 있습니다."

나는 준비해 간 책을 허 의원의 손에 쥐어 주었다.

"제목을 '호동서락기(湖東西洛記)'라 붙였습니다. 호중사군에서 관동으로 옮겨 갔다가 금강산과 팔경, 낙양을 거쳐 관서로 간 뒤 만부를 돌고 다시 낙양으로 돌아왔기 때문입니다."●

간병하던 젊은 의원이 눈치를 주더니, 들고 있던 수건으로 제 눈을 가렸다가 뗐다. 허 의원이 눈이 상해 글을 읽을 수 없다는 뜻 같았다.

표훈사에 남은 운영은 어떻게 됐을까. 귀로 먹는 약과도 맛나고 귀로 보는 풍경도 멋지다던 아이. 그 아이한테도 이제 옛날 모습은 조금도 남아 있지 않으리라. 무정한 세월이여. 그 모습 그대로 내 가슴에 남은 이는 오직 앵두뿐.

"그럼, 제가 읽어 드릴까요?"

● 호중사군은 제천, 단양, 영춘, 청풍을 통틀어 이르는 말이고, 낙양은 서울, 관서는 평안도와 황해도 북부 지역, 만부는 평안북도 의주를 가리킨다. 금원은 의주부윤으로 부임한 김 학사와 함께하며 관서와 만부를 유람했다.

흰자위 없이 싯누런 허 의원의 눈이 초점 없이 깜박였다. 젊은 의원이 읽어 주라는 뜻으로 고개를 끄덕였다.

또 한바탕 쏟아질 것 같은 눈물을 삼키고 책을 펼쳤다. 저고리 앞섶이 버석거렸다. 고름을 바루는 척하며 주목 비녀를 살짝 어루만졌다.

앵두야, 듣고 있지?

『호동서락기』 서문

　이 글은 내가 열네 살 때 남장하고 원주 본가를 떠나 열다섯 살에 귀가하기까지의 회고담이다. 내 나이 서른셋, 반평생을 되돌아보니 놀 만큼 놀았고 맑은 곳, 기이한 곳을 다닐 만큼 다녔다. 이제 용산에 안착하여 내 아름다운 거처 삼호정에서 좋은 벗들과 더불어 차와 시를 나누며 여가를 보내나니, 이만하면 내 분수에 족하고 소원을 성취했다 할 것이다.

　요 며칠 독한 병을 앓고 났더니 새삼스레 죽음이 남의 일이 아닌 것을 깨달았다. 살아 있는 것은 언젠가 다 죽는다는 점에서 보면 천지도 한순간이요, 평생 겪는 일도 하룻밤 꿈이다. 하루도 꿈이요 일 년 역시 꿈이니, 백 년 천 년인들 꿈이 아니랴. 나도 꿈속의 사람으로 꿈속의 일을 기록하려 하니 이 또한 어찌 꿈속의 일이 아니리.

그런 생각을 하다 나 홀로 웃었다. 비록 꿈속일지라도 내 마음이 간절히 이 이야기를 전하고 싶어 했기 때문이다.

아아, 만약 글로 전하지 않으면 장차 누가 금원이라는 사람을 기억해 주겠는가. 이것이 내가 구태여 붓을 든 까닭이다.

내가 본 것은 천지의 한 귀퉁이일 뿐이고 내가 겪은 일은 세상만사의 두서너 가지에 불과하지만, 때로는 한 귀퉁이만으로 천하를 미루어 짐작할 수 있으며, 두서너 가지 일로도 세상만사의 이치를 알 수 있다. 재주가 부족한 데다 오래전 일인지라 천 가지 만 가지 중에 열 가지 스무 가지나 썼을까. 그 시절에 지어 읊조린 시들도 대강 생각나는 대로 간략히 기록하여 때때로 삼호정에서 벗들과 즐기는 자산으로 삼고자 한다.

호중사군으로부터 시작하여 금강과 관동 팔경을 거쳐 낙양에 이르렀다가 뒤이어 관서, 만부에 들르고 낙양으로 되돌아왔기 때문에 '호동서락기'라 이름 붙였다.

경술년 늦봄
금원

간덩이가 부은 열네 살들을 위하여

열네 살에 나는 뭐 했지?

열네 살에 남장을 하고 세상 구경을 떠난 조선 시대 소녀의 사연을 읽고서, 내가 처음 떠올린 생각이다.

열네 살, 나는 대구 소선여자중학교와 이십 분 거리에 있던 집을 시계추처럼 오갔다. 시계추를 벗어난 기억이라면 봄에 한 번, 가을에 한 번, 학교에서 단체로 떠난 소풍? 여름 방학에 한 번, 겨울 방학에 한 번, 친척 집에 놀러 간 것? 아무리 쥐어짜도 그것밖에는 떠오르지 않는다. 내 열네 살의 삶은 지루하기 그지없었다. 가슴 설레는 '떠남'이란 소설책에서 읽기만 하고 한 번도 맛보지 못한 '용의 고기'였다.

남자아이의 성장 이야기는 대부분 집을 떠나는 것에서 시작된다. 엄마 품을 떠나 사랑과 모험을 경험하며 자기 인생의 주인공으로 우뚝 서는 것이다. 『아버지의 남포등』(윌리엄 암스트롱 지음, 한길사 2003)이라는 작품에 나오는 소년의 말을 들어 보자. "성경 이야기에서는 누구나 먼 길을 떠나잖아요. 아브라함도 먼 길을 떠나요. 야곱도 삼촌이 살고 있는 낯선 나라로 가요. 야곱은 삼촌이 어디에 살고 있는지도 모르지만 쉽게 찾잖아요. 요셉은 누구보다도 먼 길을 떠나 고생도 많이 해요. 하지만 주님이 요셉을 굽어봐 주시잖아요. 성경에는 아무것도 얻지 못하고 돌아오는 사람은 없어요. 누구나 다 자기가 찾던 걸 찾아내요." 말리는 어머니를 설득하고 결국 길을 떠나는 이 소년과 아브라함, 야곱, 요셉의 공통점은 모두 남자라는 사실이다.

여자아이는 계모에게 쫓겨나는 방식 등이 아니면, 집을 떠날 수 없었다. 행여나 순결을 잃을까 가족의 보호 아래 얌전히 집 안에 있다가 때가 되면 새로운 보호자인 신랑을 찾는 일이 소녀에게 허락된 유일한 모험이었다. 21세기에도 여자 혼자 하는 여행은 여전히 위험시되며, 지구촌 어딘가에서는 여자가 홀로 길거리를 나다닌다는 이유만으로 경찰에게 매를 맞는다. 하물며 "여자와 옹기그릇은 밖으로 돌리면 깨진다."라는 속담이 통하던 조선 시대에 열네 살 소녀가 남장을 하고 혼자 길을 떠나다니! 간덩이가 부어도 여간 부은 게 아니렷다.

소녀는 고향 원주를 떠나 제천 의림지, 금화굴, 남화굴을 거쳐 금강산을 구경하고 내처 관동 팔경과 한양까지 둘러보았다. 나중에 남편을 따라 북녘땅까지 두루 돌아보고는 "지나온 일과 보아온 경치가 모두 꿈만 같구나. 아아, 내가 글로써 이를 전하지 않는다면 누가 오늘 금원이라는 사람이 있었음을 알아주리오?"라며 『호동서락기』라는 기행문을 남겼다.

과연! 금원이 기행문을 남기지 않았다면, 1800년대에 이런 당찬 소녀가 있었다는 사실을 내가 어찌 알았을 터인가.

*

조선 시대 소녀들은 '질풍노도의 시기'니 '1318'이니 '중2병'이니 하는 말 따위는 전혀 모르고 살았다. 열네 살이면 이른 시집살이를 시작하거나 모친 슬하에서 길쌈, 바느질, 요리 등을 익히며 시집갈 준비를 하는 나이였다. 양반집 딸은 더했다. 일곱 살만 넘기면 중문 밖으로 나갈 수조차 없었다. 중문 안에서도 내외법을 적용받아 사내종이 마당을 쓸고 있을 때는 방문 밖으로 얼굴을 보여서도 안 됐다.

이런 시대에 남장 여행을 결행한 금원은 아마도 못 말리는 고집쟁이였을 것이고, 금원의 부모 또한 당시로서는 파격적으로 열린 사람들이었을 것이다. 하지만 금원이 밖으로 내돌려도 가문의 명예에 흠이 되지 않는, 어느 정도 '내놓은 자식'인 서출이자 기생첩의 딸이 아니었다면 이런 여행은 애초에 불가능했다. 예를 들어 기생 황진이는 팔도 유람을 떠날 수 있어도 양반집 딸인 허난설헌은 절대 그럴 수 없었던 사회가 바로 조선이었다.

금원과 처지가 비슷했던 죽서는 어땠을까. 고향 친구인 금원과 죽서는 똑같이 서출에 글재주가 빼어났다. 그러나 자신을 바라보는 시선은 전혀 달랐는데, 이런 사실은 스스로 지어 부른 이름에서부터 확연히 드러난다. 우선 '금원(錦園)'은 '비단처럼 아름다운 정원'이다. 반면 죽서가 쓴 '반아당(半啞堂)'은 '반벙어리'라는 뜻이다. 자신을 사랑하는 마음이 흠뻑 묻어나는 이름, 금원. 그리고 스스로를 조롱하는 이름, 반아당. 바로 이 시선의 차이야말로 여러모로 흡사했던 두 친구의 삶을 갈라놓은 운명의 갈림길이었다.

죽서는 몸이 약해 평생을 골골거리다 30대에 요절했다. 어릴 적에는 금원 또한 죽서처럼 병약했다. 금원을 불쌍히 여긴 부모가 구태여 살림을 가르치지 않고 좋아하는 책이나 읽으라며 내버려 두었더니 몇 년 안 되어 경서와 사서를 대략 통달했는데, 특히 산천경개를 유람하며 위대한 정신적 고양과 깨달음을 얻고 쓰인 고금의 명문장에 큰 자극을 받았다.

왜 여자라고 평생을 좁디좁은 규방에서 죄수 아닌 죄수로 살아야 한단 말인가. 보고 들은 바가 적으니 소견이 짧을 수밖에 없고 소견이 짧으니 문장에서 분가루 냄새밖에 풍길 것이 없지 않겠는

가. 몸은 허약했어도 고집이 무척 세고 자기애가 깊었을 금원은 시대가 강요하는 여자의 운명 앞에 고분고분 무릎 꿇지 않았다.

그러나 여자 혼자 '바깥세상'을 탐험하기 위해서는 남자처럼 꾸미는 작업이 필요했다. 『김희경전』, 『이대봉전』, 『옥주호연』, 『홍계월전』, 『방한림전』 등 당대의 여성 영웅 소설에서 여성이 집 밖으로 나와 공적인 활동을 펼칠 때는 반드시 남장하듯이 말이다. 금원의 긴 여행 또한 그렇게 시작되었다.

평생의 정유(情遊)를 희넘컨대, 산과 내를 따라 기괴한 곳을 찾아 명승을 거의 두루 돌며, 남자들도 할 수 없는 바를 다 하였으니, 하고 싶은 대로는 한 셈이다.

"하고 싶은 대로는 한 셈"이라고 할지언정, 세상에서 원치 않는 재능을 지닌 여자의 가슴에 어찌 한숨과 원망이 쌓이지 않았을까.

아, 모를 일이다. 다음 세상에는 나와 죽서가 남자로 태어나 형제가 되거나 친구가 되어 시를 주고받으며 책상을 함께하게 될지.

*

자기가 살고 있는 시공간을 벗어나기란 정말로 어렵다. 그러나 사람이 자기 시대의 한계에 갇힌다 하더라도, 그 한계에 사지를 옥죄이다 못해 머릿속까지 통째로 내줄 필요는 없다. 신분이 세습되는 시대에 기생첩의 딸로 태어난 금원 역시 신분과 성의 한계를 벗어나지는 못했으나, 죽지도 미치지도 않고 그 한계 안에서 최대한 자유를 누리지 않았는가.

나는 '한계 너머의 삶'을 꿈꾸는 금원의 능력이 열네 살에 남장 여행을 단행하게 했으며, 그 여행에서 금원이 '한계 안에서의 삶'도 사랑하고 긍정할 수 있는 내공을 쌓았다고 생각했다. 소설가로서 금원을 가슴에 품은 내가 매혹된 대상은 한자로 쓰인 『호동서락기』가 아니었다. 집을 나와 길 위에 선 열네 살 소녀, 아비를 아비라 부르지 못하고 여자를 문 안에 가둬 두는 거짓된 세계에서 자폭하고 싶은 소녀, 동시에 그 세계의 아름다움을 끝없이 발견하고 찬미하며 그러는 자신을 무척 사랑하는 소녀. 간덩이가 부은 그 소녀에게 나는 홀딱 빠져들고 말았다. 소녀의 이름은 앵앵.

그런데 앵앵이 『호동서락기』를 쓴 그 김금원이냐고?

글쎄…… 요즘 말로 '싱크로율'만 따진다면, 오늘의 세계에도 차고 넘치는 거짓에 분노하며 자폭과 자애 사이에서 다른 세계로 유람을 떠나길 꿈꾸는 독자 여러분과 더 많이 닮지 않았을까?

2015년 7월

박정애

창비청소년문학 68

용의 고기를 먹은 소녀

초판 1쇄 발행 • 2015년 7월 13일

지은이 • 박정애
펴낸이 • 강일우
책임편집 • 김효근
펴낸곳 • (주)창비
등록 • 1986년 8월 5일 제85호
주소 • 413-120 경기도 파주시 회동길 184
전화 • 031-955-3333
팩시밀리 • 영업 031-955-3399 편집 031-955-3400
홈페이지 • www.changbi.com
전자우편 • ya@changbi.com

ⓒ 박정애 2015
ISBN 978-89-364-5668-9 43810